十二五国家重点出版物出版规划项目

走向世界丛书

主编　钟叔河　曾德明　杨云辉

FROM EAST TO WEST

蒋煦西游日记

刘柯　校点

岳麓書社·长沙

本册总目□

丛书新序

钟叔河

二〇一三年十月

“走向世界丛书”一百种，只收晚清时期 from east to west（从东方到西方）的记述，这并不等于说，只有十九世纪末二十世纪初的中国人，才需要面对走向世界的问题。

纵观人类历史，走向世界决不是什么地区性和阶段性的活动，而是不断出现在全人类发展进步过程中并与之同步的历史现象。一百万年前，人类开始从非洲进入亚洲和欧洲，一万年前，又从亚洲进入北美洲和大洋洲，就是在不断地走向世界。

从有史以来的文献、文物看，三千多年前的《奥德赛》和《出埃及记》，说的是古希腊人和以色列人走向世界——走向地中海和巴勒斯坦。两千多年前的《史记》和《汉书》，写了张骞和后来汉朝“益发使”走向世界——曾走到罗马在西亚的边陲。一千三百年前的《大秦景教流行中国碑》、七百年前的《马可·波罗游记》和四百年前的《利玛窦中国札记》，记下了阿罗本、马可·波罗、利玛窦的 from west to east，这和 from east to west 一样，都是在走向世界。

人类曾因地理、种族、制度、意识形态等原因而互相分离，甚至隔绝。夜郎国的君长初见汉使时问：“汉孰与我大?”当是时，夜郎的世界僻处黔西，其“大”可知；连夜郎都未入版图，则汉之“大”亦远不如今之中国。但人为万物之灵，为了求生存谋发展，总不能老守着自己的一亩三分地，总会要想方设法走向世界——走向更广阔的外部世界。于是，汉要“通西南夷”，要前往原来“道险终不能有”的夜郎；夜郎要问“汉孰与我大”，要想改变原来“不知汉广大”的状况。由互相隔绝变而互相接近，互求了解，这就是走向世界。

走向世界，无论是自己走出去还是让别人走进来（总比让别人杀进来好），无论是主动的还是被动的，从总的历史进程看，用大的历史眼光看，都有利于发展，都是一种进步。对汉朝来说是如此，对夜郎来说亦是如此。两千年前是如此，两千年后亦是如此。上世纪七十年代末开始编辑出版“走向世界丛书”时是如此，如今来继续编辑出版这部丛书时亦是如此。

今天的中国已不再是七十年代的中国，虽然仍称发展中国家，经济总量却早已“超英”，正在“赶美”，但走向世界的路还“漫漫其修远”。时至现代，走向世界当然是要走向现代化的世界，也就是要高度现代化，全盘现代化。“四个现代化”的“四个”——工业、农业、科技和国防，已经“化”出了很大的成绩，而我们的管理现代化，我们的服务现代化，我们的制度现代化……要走的路的确还很长。

现代人走向世界，首先要使自己成为能接受全球文明，有世界知识，有世界眼光，有世界理想的人。“走向世界丛书”杰出的作者，如郭嵩焘、黄遵宪……又如邹代钧、金绍城……他们看到的新技术还是德律风（送话器和最早的手摇电话机）、火轮车（蒸汽机车）……我们如今却已经用上了智能手机、坐上了波音飞机……但在思想层面上，我（不敢称我们）反省自己的世界眼光和世界理想，甚至在世界知识的某些方面，比起一个多世纪以前的郭、黄他们来，差距实在还不小。在这方面，也就是人的现代化这方面，要走的路就更“漫漫其修远”了。

五年前北京奥运会的成功举世公认，它已经成为中国走向世界的一大标志。它的口号：

ONE WORLD，ONE DREAM

“同一个世界，同一个梦想”，这也应该是现代人走向世界的志向和目的，是我们继续编辑出版“走向世界丛书”的志向和目的。

丛书原序□

钟叔河

一九八〇年七月

人们常说，今日之世界，乃是一个“迅速缩小的世界”（rapidly shrinking world）。在电视卫星、激光通信和喷气式客机的时代，地球之上各地之间的距离，确实好像越来越短，人们相互间的接触和交流，也越来越方便和密切了。

可是，仅仅在几代人以前，异国还显得那样的离奇和遥远。古代欧洲人说，中国人用小米和青芦喂一种类似蜘蛛的昆虫，喂到第五年虫肚子胀裂开，就从里面取出丝来（Pausanias《希腊纪事》）。古代中国人则曾经相信，西方有种羊羔是从泥土里生长出来的，脐带还连着大地（《旧唐书·西戎传》、《渊鉴类函·边塞部九》）。这类海外奇谈，今天听起来简直不可思议，而在过去上千年中，却一直被当作可信的资料，记载在欧洲和中国的史书上。由此可见，人类文明的发展，经历了一条何等漫长曲折的道路。

为了探索和开辟外部世界，丰富自己的物质和精神生活，各国人民都作过许多贡献。人类文明史像叙说伟大的发明家和著作家一样，将永远铭记着张骞、玄奘、马可·波罗、哥伦布等不朽的名字。我们甚至可以这样说：一个民族从中世纪到现代的历史，也就是它打开眼界和走向世界的历史。

历史的发展从来是不平衡的。当黄河、长江已经哺育出精美辉煌的古代文化时，泰晤士、莱茵和密西西比河上的居民，还在阴暗的原始森林里徘徊。而自从地理大发现和产业革命以来，中国却相对地落后了。在西方实现资本主义的现代化以后，中国还是一个基本上同外界隔绝的古老国家。是鸦片战争打开了中国的大门，也打开了中国人的眼睛。人们称林则徐和魏源为清代最早“开眼看世界”的人，因为西方的坚船利炮打到中国来时，他们首当其冲，亲身感到这个世界在缩小，距离和壁垒再也不能将异国隔离开了。

过去时代的中国读书人，在“严夷夏之大防”的社会里度过了上千年。封闭的外壳被打破后怎么办？守旧派的办法是把脑袋钻进沙子里学鸵鸟，像慈禧太后的大学士徐桐，见到洋人就以扇遮面。就是这个徐桐，在庚子年间焚香叩请骊山老母下凡来“杀尽洋人”，结果骊山老母没有下凡，他自己的老命却白白送掉了。而林则徐和魏源则不同，提出要“师夷长技以制夷”，主张学习外国的长处，以对付外国的侵略。要学习，先得了解，于是林则徐编了《四洲志》，魏源编了《海国图志》。虽然他们未能亲身出国去考察，书的材料靠间接采辑而来，难免有许多谬误，但无论如何，地里长羊羔之类的神话毕竟不得不逐步让位给常识了。

林、魏之后，中国才开始有读书人走出国门，到欧美日本去学习、访问和工作。容闳、王韬、郭嵩焘、黄遵宪和严复等人，要算是最早的。接着出国的人渐渐多了起来，尽管其中不少是奉派而去的政府官员，但既然去了，就不会不接触近代—现代的科学文化和政治思想，也就不可能不在中国发生影响。

“走向世界丛书”专收一九一一年前国人亲历

欧美和日本的记述。自从一八四〇年鸦片战争失败那时起，先进的中国人，经过千辛万苦，向西方国家寻找真理。应该说康有为和在他之前的郭嵩焘、王韬、容闳等人，的确代表了近代中国向西方寻找真理的一派人物。当然，丛书所收的，也并不全属先进的人物的作品；但总而言之这些都是中国人从东方走向西方的实录，自有其文化的意义和历史的价值。

必须指出的是：从鸦片战争到五四运动这一历史时期中，西方国家虽在许多方面比中国先进，值得中国人学习，但国家利己主义的本质，却总是要压迫剥削比他们落后的民族的。中国人走向世界、接触西方，既有一个学习外国长处的问题，又有一个抵抗外国侵略的问题，盲目排外和盲目崇外都是错误的。对于某些作品中不免流露的这类观点，我们将在为各书撰写的叙论中，适当地作些分析，供读者参考。

“洋为中用”是我们今天的主张，也是十九世纪先进的中国人的主张。“师夷长技以制夷”，不就是“洋为中用”吗？当然，随着接触和认识的逐步深入，人们慢慢地看出：仅仅学一点“长技”，搞一点坚船利炮，还是不行的；要救国，只有维新，维新行不通，就只有革命。伟大的革命先行者孙中山，用他自己的话来说，也是在一八七八年出国以后，“始见轮舟之奇、沧海之阔，自是有慕西学之心，穷天地之想”，才树立了推翻清朝建立民国的大志和信心。历史无情亦有情，后人的思想和事业肯定要超越前人，但前人的足迹总可以留作后人借鉴，先行者总是值得纪念的。

今天的世界已不是十九世纪的世界，今天的中国更不是清朝末年的中国。今日之中国，已经逐渐以现代的面貌，出现在世界的东方。但是，世界的进步越来越快，中国的经济和文化等许多方面还需要不断地发展和提高；这就必需继续打开眼界、走向世界。打开眼界以后，还要学会分析，分清好的和坏的。一切好的东西，要拿来为我所用；一切有害的东西，要实行抵制和预防。在这方面，前人的经验和教训，有一些也仍然值得我们注意。

谨将这套丛书奉献给爱好历史和文化、关心中国和世界的读者，希望它能在中国现代化的过程中，起到一点微薄的作用，是为序。

丛书凡例

一、“走向世界丛书”一九八六年前已刊三十五种，二〇一五年起仍按原定一百种的计划继续刊行，仍然专收现代以前用文言写作的国人考察西方（含开国后的日本）的记述，仍以亲身经历、直接闻见者为限。

二、丛书按作者出国年月排列次序，尽量单行，即以一种为一册；字数过少无法单行者，才以两种或数种合订成册。合订本尽可能以类相从，按第一种出国年月排序；其各种均在封面列出书名，书脊则只列出第一种书名，并在其下注明“等几种”。

三、每种（册）书前，均由编校者撰写导言（叙论），介绍作者有关背景和书中重要内容，酌加评论分析，以供读者参考。

四、丛书均经编校者校订，标点分段，并加边批。边批的内容主要包括三个方面，兹以《随使德国记》为例，举示如下：

1. 标题、提要和说明，如“星使由苏州来”、“普鲁士分一十二省”、“演八十日环游地球的故事”、“如夫人即赛金花”、“‘人工’今皆称工人”。

2. 书中较重要的译名（加括弧注出原文或今译），如“德璀琳（Detring）”、“毕驷马（俾斯麦）”、“布莱门（不来梅）”、“德利风（电话）”。

3. 原文的订正和存疑，如“‘公司船’原无船字”、“‘骁勇’原作‘骑勇’”、“‘薛福成’成字原作辰”、“奥京立斯本应是维也纳”。

五、每种书后，均附人名索引，人名依首字笔画和一丨丿丶乚排列，按年、月、日三节数字查检（正文单页码下均有年、月、日三节数字备查）。如德璀琳之“德”字为十五画，于索引

“十五画”内检得其名下首列“13，8，17”，查正文“13，8，17”在P. 3下，即可在P. 3上找到（光绪十三年八月）十七日“乘肩舆往拜税务司德璀琳”的记载。

六、每种书后，一般附有译名简释（今昔译名对照，必要时并加说明），亦依首字笔画和一丨丿丶乚排列。如“卜兰墩浦 Brandenburg，勃兰登堡”，又如“勺勾腊 chocolate，巧克力”。

七、人名索引和译名简释的条目，并不限于边批中所举者；边批中所举者，则必皆收入索引和简释。

八、人名索引按年、月、日三节数字查检，其原书不著年、月、日者，则按篇章序号或页码查检。

九、原文因排印（抄写）而出现的明显的文字错误径予改正，不在边批中注出。

十、原文中同一外国地名而作者译法多样，

如缪祐孙《俄游汇编》中“彼得堡”就有“比得堡”“彼德堡”等异文，“莫斯科”也是如此。此种情形，无碍阅读，故一仍其旧，不作统一。

十一、原文中之统计数字均一仍其旧。少量表格中之统计数字，为方便读者阅读，改为阿拉伯数字。个别已经失去时效、并无参考价值的资料，则在说明情况后予以删去。

（十二）丛书均以简体汉字印行；除总序、凡例外，编校者所作导言（叙论）、边批、索引中涉及的数字均按现行规定采用阿拉伯数字。

叙论：善于学习的先行者□

刘　柯

十九世纪末，随着洋务运动的推进，中国的民族工商业也开始逐步发展起来。1899 年，清朝的甲午科状元、江苏南通人张謇创办了有名的大生纱厂，而无锡的荣氏兄弟荣宗敬和荣德生，则在 1901 年开办了荣氏商业帝国的鼻祖茂新面粉厂。到 1903 年，清朝政府更是在中国历史上第一次成立了商部，并陆续颁布了保护工商业的法规条律甚至奖励方针。这在推行了上千年"重农抑商"政策、一贯反对"奇技淫巧"的中国社会，不得不说是破天荒的"改革开放"。正是在这种大背景下，《西游日记》的作者，无锡人蒋煦自筹旅费于 1903 年来到了欧洲。

蒋煦字可赞，本在湖北武备学堂译书局工作，通德文，对于功名一途，似乎并不热衷。在此次赴欧洲之前，他已两度到日本，考察学习毛巾制造，并在回国后成功地开办了毛巾厂，并且自豪地说："毛巾自无锡始，今已遍各行省。”蒋氏也确有资格夸口，因为他从欧洲回来后与朋友一起创办的武昌耀华玻璃厂，一百多年后的今天仍在生产玻璃——虽然在几十年前由民营变成了国营。

蒋煦到欧洲，主要目的是考察玻璃生产，购买机器设备，聘请技术人员。这样的差使如果是“公干”，那么不管是一百多年前还是一百多年后，在中国无疑都是美差，我们将会看到一幕幕赴宴请、逛红灯区、拿回扣、最终运回质次价高设备等场景，就像《官场现形记》中的一些段落以及今天的各种贪官故事一样。然而蒋煦要建的是民营合股企业，他是在为自己办事，于是多方奔波，再三比较，详尽勘察，精细计算，在欧洲人面前礼貌得体，不卑不亢，展现的完全是一位现代企业家的形象。

蒋煦是为建玻璃厂而往欧洲，但其目光却并不受局限，仅就工业而言，便非常详细地叙述了造纸和造肥皂的方法和设备，对德国克虏伯厂的大炮制造也进行了较为细致的考察和记录，并且都是抱着一种学习先进知识先进技术的心态着笔的，这自然与他所接受的新思想有关。他在《西游日记》的《自序》中开门见山就说：“离家方能见家，出国而后见国。今有一家焉，栋腐柱折，墙倾垣侧，使人东支而西撑，屋内粉饰一新，为主人者处之，仍申申夭夭，怡怡如也。假令有人招至屋外，请主人环观之，未见不心胆俱裂，知此屋之倾覆在旦夕，而不敢一刻进者也。有一国焉，政令不修，吏治不讲，地利不辟，财政不理，兵戎不备，惟上下交征利，日事钻营，探意旨善周旋，而生长斯国者，自觉彬彬文雅，天朝气象，非蛮貊之邦所能望其项背。假令一旦置身国外，见他国之文明风俗，上下一心，回顾本国野蛮之政治，未有不汗流浃背，知本国之政治风俗，果有不能持久之道，曩者外人之指摘，并非过激而言也。”这段论述，我们今天读起来，恐怕仍然未嫌过时。

蒋煦所处的时代，虽然社会在缓慢走向新的世纪，但顽固守旧者大有人在，新旧思想的碰撞异常激烈，《西游日记》中有一段记录作者与驻德使馆参赞乔少泉的争论文字，颇为精彩，不妨照录：

> 酒后与参赞乔少泉大为争论，彼云今之为西装者，专为寻觅洋娃计耳，大失中国之体统，如彼苟能一朝为星使，彼当先奏定如有西装者定以斩立决之罪。又云西人皆是禽兽，华人方是人类，禽兽之道不长而人道常在云云。又痛骂吕镜宇尚书之奏废科举及苟有通才即以进士举人出身之折。噫！此君至欧两年馀，顽固之性质仍在，脑筋执一不变，此中国科举之所以害人者深。方今中国之弱、将来中国之亡皆在此，能不为之痛哭流涕而长太息耶！渠之所以出此言者，因渠是举人，受恩深重，借以得随员得书记生，苟废科举，则此辈无啖饭处矣。又云予仅知孔孟之道，他事不知也。予诘之曰，孔子之道在新民，常念汤盘铭之“苟日新日日新又日新”，又曰“周虽旧邦，其命维新”，可见孔子未尝守旧，且孔子圣之时者也，又曰“叩其两端而及焉”，孔子何尝执一不变也？孟子之道，无非欲王天下，未尝肯乞怜于人，子之所谓孔孟之道者何在？噫，此君不足惜，而所虑者他日回国，其亲戚故旧及同年同官意谓渠在欧洲数年，又是参赞，外国之情形必

> 考察有素，皆以外国之情势相问询，渠必曰西人皆禽兽，其道不长，不足挂虑，所有墙壁均系纸糊，万不及中国砖墙木柱之坚固（此君见西国之墙壁用纸糊者，意为内无砖也，尝言西人房屋之陋），于是人皆信之，又添许多人之甜睡浓梦，能不惧哉！

纵观今日，虽然已经历了三十多年的“改革开放”，乔少泉式的人物还时有出现，甚至还能在一些“主流媒体”发声，尽管这些人换了面孔和词汇，甚至也穿“西装”，但思想则和乔少泉一脉相承，这种现象，诚如蒋煦所言，“能不惧哉！”

有意思的是，《西游日记》还有数处谈到“梦”，除了前一段中“又添许多人之甜睡浓梦”之外，再举两例，一是提到德国大力经营海军，有在中国争霸的野心，“我国之梦梦者仍然酣嬉，以瓜分为当然，真可谓无心肝无脑气筋者矣！”二是致意大利友人信中云：“想足下在意京多日，见闻必广，有能惊醒中国痴梦之卓识高论，惟希赐教一二，以便弟载入日记中也。”

蒋煦西游日记□

光绪二十九年五月十八日	由武汉前往上海
闰五月初三日	由上海抵达满州里
闰五月十二日	抵达莫斯科
闰五月十六日	抵德国柏林
十月初三日	离开德国
十月十七日	抵达满州里
十月二十一日	返抵上海

□据北京图书馆藏汉口维新中西印书馆印本整理
□刘柯校点

蒋煦西游日记目录

序

无锡蒋君可赞，昔与余同事湖北经心书院，继又从事武备学堂译书局，固当世振奇人也。君究心工艺，处积弱之朝，尤以研求武备为亟。此书之作，专为考察玻璃厂而设，而于造炮之法，尤详哉言之，盖本其心得以著于篇焉。谓俄别宫之陈腐织锦以示我织工之劣，谓德蜡人馆之列戏馆，随事记录，皆足为我国之鉴。谓孔孟不尚守旧，则世之迂儒可以兴矣。谓公使馆参赞某君之顽固，则膺专对之命者可以愧矣。其尤为悚切者，谓犹太亡国，携财至他国经商，至今德国犹有犹太之巨店焉。呜呼，我国达官动以朘削之馀存储外国银行，我不暇为犹太人悲矣！

究心工艺研求武备

使馆参赞某君顽固

君盍编订以公诸世乎？至此记后附东游日记，乃记日本前第四次博览会事，亦足备考镜云。

乙巳四月弟仁俊拜读

序

悲哉流俗，菲工之陋说也。菲工奈何？今社会恒言曰：工匠何足与士比，工匠何敢与我比！积数百年此声未已，耗矣哉！《周官·考工》：各世其业。中国旧典，其贵工如此。泰西立国，农商并重，而以工绾合之。日本维新，工艺最发达，岁制新器，月启新知，妇女列校，兼习手工科。观其博览会劝工场，多数陈列品诚堪骇异。吾国工艺，牢守前民，岁益堕落。出口之品，生货居大半，外人购回，制练熟货，仍行销我国，获大利以去。工界之黑暗非前者，菲工一语，阶之厉乎！同邑蒋君可赞，夙娴戎备，通德文，尤研精工艺制造。癸卯之夏，游历欧西各邦，经西伯利大铁道，逾乌拉岭，道俄东都，至德比二京，凡六阅月。其行也，为考察制造玻璃，购机营厂。既定议，复以其暇，历考蜡人造纸手工煤矿电池棉药肥皂油画煤气枪炮子弹风磨水磨各厂，一一探索原理，详志于

泰西立国农商并重

吾国工艺岁益堕落

篇。盖情语既通，娴习有素，故能一见洞悉秘奥，非夫行馆贵人，杜门结舌，宝惜金钱，卧岑楼三年，无闻无见者比也。蒋君既归，则度地武昌城南，构造玻璃厂，利源展拓，远迩响应。武昌烟囱林立，蒋君于工界别树一帜焉。尝授观西游日记三册，并索赠言。予重蒋君之心精力果，克底于成，又幸中邦实业发达之有期也，乃不揣谫薄，为之序云。无锡杨模序，时在光绪三十一年季夏之月。

昔吾乡某先辈尝云：徐仲虎何人，不过一铁匠耳。予言：德之克虏伯，世界号称炮王，亦是一铁匠。追忆此语，犹为莞然。模识。

自序

离家方能见家，出国而后见国。今有一家焉，栋腐柱折，墙倾垣侧，使人东支而西撑，屋内粉饰一新，为主人者处之，仍申申夭夭，怡怡如也。假令有人招至屋外，请主人环观之，未见不心胆俱裂，知此屋之倾覆在旦夕，而不敢一刻进者也。有一国焉，政令不修，吏治不讲，地利不辟，财政不理，兵戎不备，惟上下交征利，日事钻营，探意旨善周旋，而生长斯国者，自觉彬彬文雅，天朝气象，非蛮貊之邦所能望其项背。假令一旦置身国外，见他国之文明风俗，上下一心，回顾本国野蛮之政治，未有不汗流浃背，知本国之政治风俗，果有不能持久之道，曩者外人之指摘，并非过激而言也。乌乎！人未有不出外而能知外事者，此予之所以丁酉及戊戌两游日本，甲辰游欧洲，亦藉以觇我之家国也。丁酉、戊戌游日本，学毛巾回。毛巾自无锡始，今已遍各行省。甲辰游踪至比，知比

未有不出外而知外事者

国之矿学工艺，实胜他国。比王曾有中国若派学生至比游学，暂不取学费之说，特函告端午桥中丞，请派学生至比国游学，费省而效大。未及两年，今比国之留学生且百馀人矣。自各国通商以来，所购外国之机器物件，皆由洋行代购，向未有自行直接者，今予在武昌营造玻璃厂，所购之机器物料，值价十馀万金，皆躬与该厂直接，不由洋行代购，所省实多。乌乎！予一细人，游历各国，得益既如是之大，若上而王公大臣、督抚将军，下而道府州县，游历欧美，吾知中国之富强，可立而待也。今者日俄将和，西比利亚铁路必通，游欧洲者，苟舍水就陆，既免风波之苦，兼得行程之速，则此日记也，谓西游之先导可，谓西比利亚之路程表亦无不可。

所购器物不由洋行所省实多

光绪三十一年仲夏之月

无锡蒋煦自序于武昌耀华玻璃厂

29,4,4

西游日记

光绪二十九年四月初四日　与林君友梅订立开办玻璃厂合同，议定先赴各国考察玻璃厂业及购办机器，聘请外国工师等事，适值湖北武备学堂德国教习何福满于五月中旬请假回国，得同伴，故欣然西游。

二十四日　将家眷遣送回沪。

五月十三日　至各处辞行。晚间至抚署领取护照。其护照云：为给发护照事，照得湖北武备学堂分教试用知县蒋煦，随同洋员何福满前赴欧洲游历，相应发给护照，为此照仰该员收执，自中国至欧洲一带，沿途地方文武遇该员到境，一切妥为保护，不得留难阻滞，须至护照者。 清廷所发护照文字

十四日　渡江，将护照至道胜银行，托陈咸卿至俄国领事处盖印签字，计费银二元八角。

十五日　午刻渡江。是日江水湍急，官渡皆避匿不见，乘一小划至大贞汽船，与徐仰臣同房。上岸至柏记，

晤王正卿，约于广恒信晚餐。三点钟至船，见武备学堂号房出稽查蒋则先名片，云上院谒见兼宪，须属伴送学生出

往德路费

洋，约今日过江一晤，明日再上船也。当即渡江回堂，商定每学生自鄂省至德国京城伯灵，路费银四百两。缘此次何福满回德，随带武备学堂毕业生萧安国号良臣、丁文玺号晓树、松俊号杰亭三人赴德国游学，是晚偕丁晓树、松

留德费用

杰亭二人至抚署，与潘季孺商定，每人整装银二百五十两，路费四百五十两，学费每年八百两，在路一切开销均归予经管，至伯灵使署再行报销。季孺又嘱具禀请领咨文。

游欧缘由

十六日　禀兼督宪云：光绪二十三年游历日本，见其上下政艺逐渐改良，游览各处博物院及神户博览会，则工作之精，货物之美，辄流连而不忍去。私念日本如此，欧洲各国必当有进于此者，每拟作游历欧洲计。光绪二十四年，蒙前督宪张调鄂差遣，不克成行；二十五年则又分教经心、江汉两书院兵学，兼武备学堂译书事，终日碌碌，不作他想。去年江汉书院并入经心后，始得稍暇，然尚不敢请假作远游也。今年经心书院改为文普通中学堂，兵学一门裁去，改归文高等大学堂专门之学，因只武备学堂译书一差，似觉闲暇，又值武备学堂德国教习何福满请假回国，半年之中，更觉无事，决计自行筹措路费，乘西比利亚火车游历俄国德国与英法意比等国，借长学识而广游览，兼考求各国工艺制造，以便回国仿造，冀可收回中国利权于万一。日前蒙宪台赏借六个月薪水，并给发护照一纸，私衷感激，莫可名言。窃思周历各国，游览各处，非

29,5,16

由驻扎各国之本国公使另给护照不可，恳请宪台可否再给以上六国公使之咨文各一件，庶煦至彼处可以无所阻碍而得切实考求，不虚此行，实为恩便云云。

十七日 午刻，武备学堂总办李少东廉访岷琛、会办李文石观察葆恂与何福满饯行，同席者出洋学生萧良臣、丁晓树、松杰亭、稽查蒋则先、翻译杨次伯、杨佑之，予亦在座。酉刻，张统领彪、吴统领元恺、王得胜、姚广顺、杜长荣、黎元洪、刘温玉诸公公饯何福满于黄鹤楼，予因明日起程，不克赴宴，当将请帖璧还。前赴德国游学生马德润家属托带家信一函至德京。 饯行

十八日 辰刻，留须，下午三点钟渡江，由通商银行汇学生路费银一千四百两，晚间乘大利船赴沪。

二十二日 九点钟至卜内门洋碱公司，晤戴古臣及其公司总经理李德立，晤谈甚久。十二点钟至大纯纱厂，晤总办宗子见。晚间饮于一品香，赴戴古臣之约。 洋碱公司

二十三日 十一点钟至怡和码头候萧良臣等，不至。

二十四日 十一点钟至美顺汽船，丁晓树等已登岸，至各栈房询问，获晤松杰亭于新鼎升栈。下午二点钟，偕萧良臣等同至客利德国饭店晤何福满，同至福利公司购办一切欧洲服饰。上海制造局提调李平书邀同与萧良臣等于一品香晚餐。

二十五日 至四马路义舰公司购船票。自上海至大连湾，计三等舱每人十二鲁布半，头等舱每人三十鲁布，是船无二等舱。

二十六日　早五点钟携带行李至鼎升栈，偕良臣等同至四马路码头登小汽船。七点钟开轮，驳至浦东杨家渡大汽船，船名满洲，至九点钟开轮。

抵大连

二十七日　十一点钟抵青坭洼，即大连湾俄所割据地也，俄音大利。

二十八日　发蒋则先暨五哥各一信。晚十点钟，购自大连湾至满洲边界之二等火车票，每客计六十七鲁布半，约合银元八十七元七角五分。购票毕，登火车。是车系快车，每逢礼拜一开一次，计分头二两等，头等车每间计两铺，住两客，二等车每间计四铺，住四客，若客少每间亦有住一二客者，被褥均备。行李每人约可带六七十斤，多则贮行李车，另出运费，发给提单为凭。饮食则另有火食车，每日约三鲁布左右。十一点钟开车。

二十九日　早三点钟抵瓦房站，停车二十四分钟。七点五十二分钟抵大石桥，停车二十分钟（此站有支路至营口）。十点四十四分钟抵辽阳，停车十九分钟。下午一点五分钟抵穆克图，停车十五分钟。四点二十五分钟抵铁岭，停车三十九分钟。晚十一点六分钟抵公主灵，停车二十六分钟。

哈尔滨已成一西式大省会

闰五月初一日　早八点十八分至石头城子，八点五十分至蔡家沟，十点钟至双城堡，十点三十四分至五家，十一点半钟抵哈尔滨，停车一点四十五分。将军署即在左近，俄人竭力经营，已成一西式之大省会。以上自大连至此直向北行，共计八百八十一启罗密达。一路平阳，荒草

29,闰5,1

满地，无人种植，甚可惜也。有俄人未立路于此间开设大清东省铁路、商务公司、新报馆。下午一点二十分钟开车。(每一启罗密达计一里八分弱)

初二日　早两点二十分钟抵齐齐哈尔，停车一点钟。九点钟抵绰兰都，停车三十分。下午一点钟抵喇嘛山，是处有喇嘛僧五六人，席地而坐，虽身穿绸衣，而污秽不可近，无发而戴五色瓜皮帽，甚似各耍店所做之泥人，然丑态则过之。有一卖解者，其技甚神。自哈尔滨以下直向西行。二点三十八分抵博河都，停车三十分钟。四点三十二分至兴安岭，自博河都（又名巴克哈图）以上均属平阳，沿路马匹甚多，大树参天，其树皆檀栗杉柏，盖其性坚结，能耐寒也，均栋梁之材，无人伐取，徒资俄人垫轨蒸汽之用（火车均用木柴）。野草若新春，寒可知矣。自博河都以下渐高，至兴安岭顶（土人名大岭），高于大连湾一千密达。火车上岭法系前后各用一汽车，顺山坡曲折而上。至岭顶甚平，华俄两国民人杂处，亦甚乐也。晚十二点二十八分抵海拉尔，停车四十二分钟。 沿途所见

初三日　上午七点钟抵满洲里驿，即华俄交界处。停车后有俄国税关上之，搬取行李者身挂号牌，将行李提单交彼，彼即将箱笼搬至关房，开箱查验，见杰亭箱中有武学书，甚为留难，验毕后各贴印花，又至车上小件各箱笼查验，粘贴印花，完纳关税毕，至车站买票。买票法以先后为序，鱼贯而进，毫不紊乱。自满洲里驿至莫斯科，二等车价一百零八鲁布又九十科比克，每一百科比克为一鲁 抵满洲里

满洲里晚十点天黑

布。是处晚十点钟天方黑，盖与上海时刻相较已迟三点钟矣。至八点钟开车。自大连至此共计一千七百五十七启罗密达（计三千一百五十三里）。

初四日　下午六点钟始下山坡，其沿途荒凉与满洲境内等。

坐船穿越白卡尔湖（贝加尔湖）

初五日　上午七点钟至白卡尔湖。发五哥一信。下车登船，在船寒冷异常，西人均穿冬衣，渡船费华人每人一鲁布二十科比克，西人须三鲁布。行两点半钟抵彼岸，登车后尚是初冬天气。至十一点四十分钟抵衣尔科痴，停车四十六分。至此人烟渐多。下午过一山洞，暗无天日，约行五分钟之久。是晚过烟尼赛河，即北冰洋之下流也。过白卡尔湖有一高山正在下雪，寒可知矣。

初六日　天气视寒暑表，离冰界十四度。

气候多样

初七日　晨，始有种植之区，房屋除车站用砖瓦外，其馀均系木筑，亦殊雅观。下午三点钟，寒暑表升至二十七度，天气骤热，见西方乌云满天，电光闪闪，东方则青天皎洁，然雷声无闻也。至三点半钟始闻雷声，至四点钟，火车已行至乌云雨丝之下，至五点钟，东望云雨仍复如故，火车所至处则又青天皎洁，盖火车已穿过下雨处，诚大观也。

初八日　晨八点半钟，过俄蒲河，其河之宽倍于汉口襄河。河之两岸人烟稠密，一大城镇也。设襄河中照此建一铁桥，可保全无数生命。是日天阴，视寒暑表，去冰界十三度。下午有炮兵及大炮一营由火车向东而行，因与日本龃龉，用以备战。

初九日　雨，中午十二点钟抵采拉宾司克，停车五十分钟。下午六点钟至古鲠城，烟户万家，一大城镇也。晚十一点钟过乌拉河。以上三河皆发源于北冰洋，过乌拉河即属欧洲境。

初十日　晨六点钟过乌拉岭，盘旋而上，至七点半钟至岭顶。一路树木葱郁，野草繁盛，不如以前之荒凉境界矣。在路又见炮兵及大炮数车向东而行，自后陆续不绝，盖至盛京以防日俄之失和。

十一日　晨七点钟抵扣尔城。十一点钟过符耳街桥，是桥计宽一千五百四十密达（约四百九十七丈），火车行五分钟之久，为全球第二大桥（第一大桥在美洲境）。

十二日　下午一点二十分钟抵莫斯科，即俄国之旧都城也。寓孔帝能他尔客寓，每日房价计二鲁布，饭食每餐一鲁布二十五科比克。是处街道宽阔，房屋高大，非上海租界所能相比，马车喧嚷，终夜不绝。既解行装，即偕良臣、晓树、杰亭等同至浴堂，房屋极其精洁，二等浴堂每人计需八十科比克。浴毕，雇马车至各街道游览一周。见耶苏堂之大且多，愚人之恭敬耶苏，不可言喻，凡在耶苏堂前过者，均须脱帽，并以手扪心，对耶苏默念点首，以明永不为恶之意，此亦神道设教以儆愚人之一法。街衢中铺一平铁轨以行马车，一车约载四十人，以两马之力拖之有馀。

抵莫斯科街道宽阔上海难比

耶苏（耶稣）堂所见

十三日　发蒋则先、林友梅、五哥各一函。上午九点钟，购自莫斯科至德京伯灵之车票，二等车价计三十八鲁布四十科比克，头等车价计五十五鲁布七十四科比克。中午十二点钟至旧皇宫游览，有俄人名维利阿辣松，能操德语，陪同前往。先至看守皇宫人处购取护照，然后转至宫门，宫外则摆列历代之旧炮及炮弹，其式与中国古炮无异，惟大者有炮架，各炮无锈蚀之状。进宫门，管门者收取各人手中所携之伞棍及帽，三生本西装，脱帽后各拖一辫，殊不雅观，于是西人之游览皇宫者，皆不看皇宫之物，而观予等之辫。拾级而上，若衙署之大堂，然中间悬一油画，系俄皇与众臣会议国事，俄皇南立，众臣向皇环立。予初见，意为生人也，后见人皆近之，始知系油画，盖所画之人皆凌空平立，栩栩若生，不明言而远望之，莫知其为油画。宫中之物，富丽无比，数重宫门均系黄金，而宝座之椅则纯金也。有皇帝召见大臣之宫，有宴会之宫，有加冕之宫，有皇后之宫，有皇与后并坐之宫，有皇帝抱皇子娱乐之宫，有看军队操演之宫，有看跳舞之宫。寝宫之床被均在，有一床被褥系中国所赠，破旧不堪。寝宫之前，有一金匮，左右所镌之字，极似中国之篆文，惟末尾一所字可认，予用洋纸印拓，惜纸硬不能嵌入成文耳。有一金桌，据云值四百万鲁布。有一无价之宝，系二尺方之庭柱二根，高约二丈，均系老山碧绿翡翠作成，毫无一点杂色。其馀真珠玛瑙金刚钻宝石镶嵌于各器具者，真可车载斗量。扶梯栏杆，均系黄金为之。宝座四周，均绣花地毯而盘金线，亦有以金线织成各花者。大臣所坐之

西方游客不看皇宫转观大清国人之辫

29,闰5,13

椅，均系玫瑰色丝绒。（此不足奇，缘客寓均是。）每至一处，有巡兵引导。宫内有拿波仑像。拿波仑曾攻破莫斯科，故立像以志不忘。地板均用玉石铺砌。尚有各种御用器具，因时迟不克观，约以明日十点钟为期。 立拿波仑像以志不忘其曾攻破莫斯科

下午三点钟至动物园，各种禽兽无一不备，禽中无凤，兽中无狮，昆虫无龙耳。两象均已百馀年之物，时以前身及鼻摆之不休，予购一面包使食，彼以鼻取而置于口，食毕以前腿作跪状而谢。虎豹处用铁棍作护栏，栏外三尺处又作木护栏，不俾人近。何福满之子以手招之，几为所啮。豺狼之相，时作欲吞饲之形，殊可畏也。各种麋鹿均备，雄鹿之角，若米色之仙人掌，姣嫩之色甚属可爱。有两狗熊甚大，时以两掌出栏杆作揖拜状而乞食，时有人以面包喂之。出椟食人，在椟而哀乞于人，亦可怜也。有冰熊二，其色甚白，若棉羊而长。此熊出于北冰洋，故畏热，椟内凿一池，满贮冷水，该熊时至池内，身无干时。此等均系食人之物，而为人所囚，凡不能食人者，更无论矣。

晚何福满邀请观剧。戏台分两处，外台作各种手法，其手把比之中国京班之最出色者更胜十倍。台中横亘一杆，杆上直竖尖刀六七柄，每柄约离一尺，该优人以两手握杆，将身倒竖，由杆之左移之杆之右，其人面离刀尖不过三四分耳。有三象亦能作各种戏术，以此象与彼象剃头，湿发执刀，均以鼻为之。又两象各以鼻牵住一粗钢丝，象奴在钢丝上往来行走。象奴系黑人。又象奴作病 三象能作各种戏术

状，象为之开铺，为之盖被，为之点灯，为之沽酒，作种种状，无不毕肖。内台系女优，专属唱曲，其声调之高者唱毕，在座各人拍手不辍，若该女优进台后外仍拍手，则必为之出台再唱。有一最出色者，因观剧人拍手不住，计续唱四出。有一女优系法人，专唱描摹之情，因拍手不停，亦续唱二次。据云其衣一袭值价四万鲁布云，盖衣上满缀真珠金刚钻，对面电光直射其衣，作金光万道。

十四日　上午十点钟，至别宫。其各种衣服日用器皿及古时盔甲刀剑枪戟并他国所赠之物均在焉。进门仍脱帽及去手中所携物。对梯悬一绣屏，系五色棉线织成。屏中所织人物花卉，栩栩欲生，以棉线粗物织成若油画然，远望之不能辨其为花毯也。此毯系法国所赠。既上楼，一路均悬挂盔甲弓箭，有一二用假人假马穿甲戴盔，俾人知其用处。再进则系历代及各国之斧钺刀剑枪炮，其御用之刀剑枪炮，柄上均嵌宝石明珠。鞍辔用黄金镶嵌，四面盘绕真珠。皇后之鞍辔，镶嵌明珠宝石更多。袍服均用金线织成，而加以明珠金刚钻。冠冕上之宝石明珠更大，陆离光怪，令人眼眩。总之真珠若上海昼锦里之假珠，恐无其多，金刚钻宝石若玻璃料货耳。所用碗碟刀叉，非金银即翠玉，更有莫知其名者。再进则为各国所赠之物，无非宝石玛瑙象牙金银及端石所筑之物，惟筑工精巧异常。又有以金银制成莫斯科全城一座，为本城金银首饰铺所贡。中国所赠者一金银长方有耳之银香炉，上刻香炉二字；一银鼎，铭曰彝鼎永宝；一绣锦折屏，上绣人物眉目不清，神

别宫陈列

中国所赠

29，闰5，14

气粗劣，于众美相形之下，视之欲呕，想系北人所绣，若苏货无此恶劣。尚有磁器数种，亦置是处。盖各国所赠物置在一处，以志不喧，各有牌示，书明系某国某年所赠字样。再进有一马，系俄皇所骑，马身之鞍辔缰鞭俱全。再进而折向左，则为皇与后所乘之辇，其大无比。辇中桌椅俱全，有为美国赠者，有为法国赠者，四面无非镶嵌黄金而已。再折而前，则皆胪列历代之金银铜币。观止矣，于是仍至挂盔甲处，略坐少息，下楼取帽棍而出。折而至耶苏堂。是堂为最大。凡小儿女均须至该堂行洗礼（洗礼以净水洗儿眼也）。亦有人跪拜默念，旁有教士诵经祷告者。出而至俄皇加冕之礼拜堂，则各皇之棺俱在焉。更有一奇事，一皇子八岁而夭，将其脑浆取出，装于棺中，见有人进堂者，皆将棺盖揭开，以己之脑而就棺之脑，据云如是可以却病益智。该堂教士以为奇物，专诚揭开棺盖，爇烛而嘱余观之，一方寸大蜜蜡色干脑浆耳。其地板均系铁砖，盖下有地窑也。加冕之处，另有一尺高三丈见方之台，四面均画神像（历代帝皇或教士则未详），而于此成礼焉。该堂楼上所有珠宝亦不少。下午一点钟，偕维利阿辣松至玻璃厂。是厂专造窗片玻璃，因是日下午三点钟即须上火车赴德京，未克详观。是日电告德京中国驻德公使，云有中国湖北游学生三人，后日午刻可抵德京，祈饬人往接。

皇子之脑置棺陈列

十五日　晚九点钟，至怀舍换车。其火车有两种，有即在此停车处换车者，有须坐马车另至一车站，约行半点钟之久始换车者。是处本波阑国京城，因国事不振，为俄

怀舍（华沙）

德奥三国所瓜分，怀舍现归俄国。其街道之宽大平正，房屋之高大整齐，有河有江，桥之宽不亚于符耳街桥，此处较莫斯科更胜。中国之不振，恐不免为波阑之续。晚十一点钟开车，每人另出地位钱三鲁布。

中国不振不免为波兰之续

十六日　早四点钟，至阿来克杀夺乌爬，即俄德交界处。至此换坐德国火车，开行一站至德界，有德国关卡查验行李，惟不纳税耳。俄国火车每点钟行三十三英里，德国火车每点钟行四十四英里云。既入德国界，则并无荒凉之处，遍地均有种植树林，极为整齐，随路有房屋村庄。中午十二点钟抵德国京城伯灵，停车后则中国驻德使署之仆人孟德在焉（系德人，能操华语），搬取行李及雇马车等，均由彼料理。即同至伯灵纳街一百四十号客寓，知福克斯与詹叔珂尚未返华，当即片知叔珂，约晤于该寓。又片知在德国之游学生七人，杨祖谦号地山、吴连庆号幼甫、锦铨号子衡、李人铎号锦如、马德润号海饶、善德斋、宾步程等，同桌午餐，畅谈甚快。下午四点詹叔珂至，同至使署，见乔毓渠，号少泉，江宁举人，由随员而升参赞者也。即偕叔珂至蜡人店，缘林友梅托购十月怀胎之蜡人像。是处系伯灵之极北界，街中儿童见予等二人华装，甚奇，愈聚愈多，至百馀儿童，围而语云中国人长尾巴（指辫也），几致不能行走，虽有老者呼逐，然去而复来，所幸不动手耳，得马车始登车而返。华装之不能行走于外国街道如是。是晚詹叔珂偕福克斯动身返华，托带五哥及则先各一函。

德火车比俄火车快

德童谓中国人长尾巴

29,闰5,17

十七日　上午十点钟，偕萧良臣、丁晓树、松杰亭三人至使馆投公文，见公使荫五楼，并见参赞随员各人，会计官张养田亲为予等印一像。下午三点钟，即改西装至福利脱里，候何福满不晤，即至彼尔仑街十六号德华银行取银。

十八日　上午，与良臣等至麻仑街二十七号至二十八号客寓谒何福满，偕其眷属同至蜡人馆。见一切蜡人与生者无异，有儿童手执琵琶风琴，鸟雀在笼，则鸣唱与真鸟无异，且能在空中跳跃转旋如生。再进则有中国宫殿一所，慈禧后正中端坐，袍笏俱全，面貌略似，而瘦瘠已甚。左侧坐李文忠，黄褂元袍，大帽上竖一孔雀毛（即双眼翎，因后拖人不能见，故竖置耳），手执本章一卷。右侧站一武将，不识何人。右阶陛跪伏一人，露顶拖辫，身穿长嵌肩。暖阁左右排列各物，均清国物也。再进则一中国之戏台，四壁墙砖均剥蚀污秽，不堪入目，故作此态以形中国之短。戏台左右有汉字匾对，匾则烟室两字，对则上有灯吃出卖洋烟。台前摆列桌椅，游览者皆于此饮茶酒。少顷台上有一高大之人，系俄国人，计长二密达七十生的（合中国营造尺八尺七寸），其手足身首无一不长，下台售卖明信片，每张十个分尼（合中国银元五分），即其像也。出中国宫殿，又有各种清国人，或骑驴，或站立，均瘦瘠蹒跚，不能形状。下午三点钟，那参赞晋号锡侯、乔参赞少泉及学生唐德萱号日新河南人、永祐号茀生旗人四人至寓晤谈甚久。

蜡人馆

慈禧蜡像李鸿章陪

十八日　缮三生之路费报销册，计收估平银一千四百两，申色二十八两六钱作汇费，实收规银一千四百两。

以下报销费用账单

五月二十四日，付三生自汉口至上海路费四十二元，付马车费银三元七角。

二十五日，付马车费七元五角，付上海房饭银十元八角。

二十六日，付车费四角。

二十七日，付剃发一元五角，付汽船饭食四元六角。

二十八日，付青泥洼至大连湾马车费三元四角，付饭食二元四角。

以上共银圆七十六元四角，银价每元七钱五分，合银五十七两三钱。

二十五日，付自上海至大连湾汽船价三十七鲁布半，每鲁布约银一两。

外国饮食付费须加小费

二十八日，付在大连湾饭食七鲁布四十五科比克，连加一成小账在内，外国饮食皆须加一成小账，付行车另贮行李车费六鲁布七十科比克，付至满洲里驿火车价二百零二鲁布半。

二十九日，付火车上饭食九鲁布。

闰五月初一日，付饭食七鲁布八十五科比克。

初二日，付饭食七鲁布三十科比克。

初三日，付自满洲里驿至莫斯科火车价三百二十六鲁布七十科比克。

初四日，付饭食六鲁布六十科比克。

29,闰5,18

初五日，付饭食十鲁布三十科比克，付白卡尔湖渡船费三鲁布八十科比克，付火车使赏二鲁布。

初六日，付饭食十鲁布二十科比克。

初七日，付饭食六鲁布六十科比克。

初八日，付饭食七鲁布八十科比克。

初九日，付饭食七鲁布六十科比克。

初十日，付饭食七鲁布十科比克，付零用三鲁布。

十一日，付饭食五鲁布半。

十二日，付饭食九鲁布九十科比克，付火车使赏二鲁布，付莫斯科马车费六鲁布七十科比克，付零用十二鲁布。

十三日，付饭食七鲁布半，付游生物园六鲁布半，付自莫斯科至德国京城火车价一百四十九鲁布八十八科比克。

十四日，付客寓费二十四鲁布六十科比克，付饭食十三鲁布九十科比克，付客寓使赏三鲁布四十科比克，付验看护照盖印费一鲁布二十科比克，付马车费三鲁布七十科比克，付电报费一鲁布八十科比克。

十五日，付饭食十三鲁布四十科比克，付怀舍换火车马车费七鲁布四十科比克，付火车上租单被费三鲁布。

十六日，付早点一鲁布二十科比克。

以上共九百六十三鲁布二十六科比克，每两银换一鲁布零八科比克，合银八百九十一两九钱。付德国火车定坐位费六马克（每马克约中国银圆五角），付抵德京搬行李至寓马车费七马克，付午饭二十七马克（连旧学生七人共十人），付晚饭七马克。

十七日，付马车费六马克四十分尼（一百分尼为一马克）。

十八日，付马车及饭食十四马克半。以上共六十七马克九十分尼，每两银换二马克三十八分尼，合银二十八两四钱八分。付各生公送予赴圣彼得堡路费银七十两。

以上账单 以上总共用银一千零四十七两六钱八分，净馀银三百五十二两三钱二分，每两银换二马克三十八分尼，三人均派，每人应派得二百七十九马克五十分尼。

十九日 下午，使署随员兼支应王承传号钦尧、张养田至寓，后同至使署，交三生之路费报销册。王钦尧赠伯灵街道图一本。与乔少泉晤谈甚久。

二十日 移寓麻尔仑街二十七号，与何福满同居。

二十一日 与何福满同至蜡人店定做蜡人、男女剖视

定做蜡人 形及十月怀胎形，许为详细开账。折回至剖视蜡人馆，进门见骷髅人骨二副，又进则一男人剖去胸部，肺肝肠胃颜

各种蜡像 色鲜明，与真人无异。又一男人剖去背部，背面之肠胃，又有肺肝之分像。又有人身若腿脚手臂眼耳鼻舌之各种病状，又有杨梅疮之病状，又有儿童痧痘之状。再进则医生剖病人之肚而洗涤肠胃之像。揭帘而进，则妇人之子宫及蛋棍像。十月之胎形，又有倒产顺产及用钳至阴户夹取婴孩或以手至阴户将婴孩拨正之像，又有女人阴户及子宫像，又有男女精管尿管剖视像，总之人身之物无一不备，以上皆用蜡为之。又有真胎形，十月俱全，每胎一瓶，浸

在药水中，进门时有详解各形之书，可以按图查考，极为详备，计价十分尼。

二十二日　购买造玻璃书数种。兹将造法及各配料方法略述如左。玻璃分四类，曰钾养铅养矽养玻璃（即火石玻璃），曰钠养钙养矽养玻璃或钾养钠养矽养玻璃（即窗片镜片玻璃，英国转成玻璃），曰钾养钙养矽养玻璃（德国及法国转成玻璃），曰钠养钙养铅养铁养矽养玻璃（即平常酒瓶玻璃）。 玻璃种类

制造玻璃之生料，即矽养钾养钠养钙养铅养铁养锰养钟养等，质言之则矽石英碱石灰铅丹硝锰与砒石耳。熔法系用倒焰炉，一名司门仔法，一名伽司火炉，即煤气炉，将生料置池中，用煤烧成气，通入煤气巷，其旁另有空气巷，两气相遇，即成极大热度之火焰，自上而下倒灌入池，池中生料遇此火焰，即熔化成玻璃质。若因本钱少而小做，或熔五色玻璃，则用火泥罐。罐式上大下小，罐料用生泥八分至十二分，火泥五分，旧罐五分，共研为粉，和匀成罐，待干入窑烧之。罐之容积，若熔六十启罗之玻璃料，则罐高三十七生的，罐底对径三十一生的；熔九十启罗之玻璃料，则罐高四十二生的，罐底对径三十一生的，列表如下： 玻璃制法

玻璃料	启罗	112	200	300	800
罐　高	生的	47	52	63	78
罐底径	生的	39	42	52	65

一炉用八罐，每二十四点钟约能熔片子玻璃一千五百至一千七百启罗，约烧上等煤一千五百启罗，炉旁另有烘料及退火之小炉四。

玻璃配方

配合各种之玻璃方列表如下：

半白玻璃瓶旧方	砂	62	62，5	71，6
	铁养	0，7	3，7	1，8
	泥	2，4	4，5	3，0
	灰石	15，6	16，2	10，0
	镁养	2，2	—	—
	钠养碱	16，4	—	—
	钾养碱	—	10，5	10，6

半白玻璃瓶旧方	砂	元明粉	钠养碱	淡三轻钠养碱	钾养碱	灰石	煤	镍养	美拉赛	赭石
	100	36	32	—	—	24	2至3	—	—	—
	100	—	—	—	—	20	—	—	—	—
	100	20	—	—	—	20	1至2	—	—	—
	100	—	—	24	—	20	—	0，20	16	0，1
	100	—	—	18	18	18	—	0，04	—	—
	100	—	10	—	28	20	—	0，04	—	—
	100	—	30	—	10	18	—	0，06	—	—

29,闰5,22

平常全白玻璃瓶方	砂	锰养	铁养	铝二养三	灰石	钠养碱
	77, 3	—	微迹	微迹	6, 4	16, 3
	72, 0	—	4, 5	4, 5	6, 4	17, 0
	78, 4	0, 2	0, 2	0, 2	7, 1	13, 9
	74, 7	0, 2	0, 2	0, 4	8, 8	15, 7

水晶玻璃方:

砂一百二十磅　钾养碱四十五磅　硝三磅　灰石十七磅　赭石十五格郎木

各种配方

灯罩玻璃方:

砂七十五磅　云母石二磅　铅丹九磅　钾养碱二十一磅　钠养碱十磅

水晶玻璃作器皿者:

砂一百三十磅　灰石十四磅　钾养碱二十磅　钠养碱十五磅　铅丹二十五磅　砒石十六罗脱　赭石十五格郎木　镍养二格郎木

窗片玻璃方:

砂七十五磅　灰石十四磅　元明粉六十磅　焦炭六磅　砂一百磅　钠养碱五十磅

镜片玻璃方（吹泡者）:

砂一百磅　云母石二十八磅　钾养碱六十四磅　硝六磅　镍养二格郎木　钟养二磅

镜片玻璃方（压成者）:

砂一百磅　白石粉三十八磅　钠养硫三养四十磅　焦炭三磅　砒石三磅

钟表面玻璃方：

砂一百磅　钾养碱三十六磅　灰石十六磅　食盐二磅　硝一磅　砒石一磅　赭石三罗脱

作玻璃器皿所用器具无多，不过各种钳剪与小木板耳。做法：每一工师有帮工二三人，一人用铁管取料，转成圆球，递与工师，工师或吹或拍或印，成器后另一人取去退火，如该器有柄或足者，另一人取料递与工师而连合之。另有一幼童专管去尽吹管头之馀玻璃料及烘热吹管等事。各种器皿均用手法作成，除模印外并无机器。

玻璃之白者，为窗片，为镜子，为各种器皿，极净者晶莹如水晶，更有各种颜色玻璃，作成各种器皿，更觉陆离光怪，洵堪悦目。兹录其各方如下：

有色玻璃各种配方

暗蓝色玻璃：

砂一百磅　美拉赛二十磅　钠养碱十磅　灰石十五磅　砒石十罗脱　钴养十六罗脱

□□色玻璃原稿无疑脱

〔□□色玻璃：〕

砂一百磅　钾养碱三十八磅　硝六磅　硼砂二磅半　骨灰四磅　砒石十六罗脱

蓝宝石色玻璃：

砂一百磅　钾养碱三十六磅　硝四磅　骨灰四磅　羽毛五磅　砒石六罗脱　铜落四磅　钴养一格郎木

青玉色玻璃：

砂一百磅　钾养碱十磅　美拉赛三十八磅　骨灰三十磅　铅丹二磅　砒石一磅　铜养三磅半

29,闰5,22

硫黄色玻璃：

砂一百磅　钾养碱十磅　美拉赛三十八磅　骨灰三十磅　铅丹二磅　砒石一磅　硫黄七磅半

象牙色玻璃：

砂一百磅　云母石六磅　云形石十四磅　钾养碱十四磅　铅丹四磅　食盐二磅　铀养十六罗脱　赭石四磅　铁屑二罗脱　砒石二磅

黄色玻璃：

砂一百磅　元明粉七十四磅　灰石十六磅　焦炭六磅　黄玻璃六磅

金黄色玻璃：

砂二十五磅　钾养碱十五磅　铅粉五磅　镉硫一磅三古得

明蓝色玻璃：

砂五十启罗　钾养碱十启罗　钠养碱七启罗　硼粉一启罗　灰石七启罗　铜养二启罗　钴养玻璃粉三十格郎木

绿色玻璃：

砂五十启罗　钠养碱八启罗　钾养碱八启罗　硼砂一启罗　灰石七启罗　铬养三碱三百格郎木　铜养（黑色者）五百格郎木　铁养五百格郎木

暗绿色玻璃：

砂五十启罗　钠养碱十五启罗　硼砂一启罗　灰石八启罗　硝二格郎木　铜养五格郎木　铬养三碱一格郎木　铁养一格郎木

红紫色玻璃：

砂五十启罗　钠养十二启罗　钾养三启罗　灰石八启罗　赭石三启罗半

蓝紫色玻璃：

砂五十启罗　钾养十八启罗　灰石六启罗　铅丹二启罗　赭石三启罗半

黑色玻璃：

砂五十启罗　钠养十四启罗　钾养四启罗　灰石八启罗　赭石十启罗　钴养半启罗

玫瑰色玻璃：

先将十五枚奥国金钱用七百五十格郎木盐酸及七百五十格郎木硝酸消化，再用白铅五十格郎木，用五百格郎木盐酸及一千格郎木硝酸消化，爰将上二项用瓦盆燉热，加入二十倍体积之净水，再和各料如下：

砂一百磅　硼砂十磅　硝十二磅　酒石一磅　钾养二十磅　铅丹二十磅

平玻璃之手法、镜子玻璃之磨法、玻璃器皿之做法、光学镜之造法及各种应用器具，因时促不及详译。下午四点钟，游学生均来，同出游玩。下午一点钟，何福满赴何木贝耳希省，其母留一信与汉口礼和总管，此人适回国，云明后日可到。

二十三日　薄暮，至使署。

二十四日　候礼和总管不至。上午九点钟，乘火车至汉堡，计车价二十马克，约中国银圆十元。开车行一点三

29,闰5,24

刻钟，至淮登倍阿盖停，停五分钟。有人送一报纸，上载各客寓之街道号数及每日房饭价若干，以备行客取择，实方便之至，否则茫茫无所之也。下午一点钟，至汉堡之城外车站，有小客寓之接客者争相兜揽。抵寓午餐后，即持汉口礼和之信至礼和行，无如街道四通八达，无从寻觅，在路间询一路人，彼知系外人，直领至礼和行门口，真难得也。晤其副总管萨克赛，约后日礼拜一再往，又饬人同至汇丰银行收兑马克，购一汉堡街道图。

汉堡站外争相揽客

礼和洋行

二十五日　礼拜日上午九点钟，寓主有游者，游船票票价三马克，可至全城各街道环游一周，车上另有一人演说。记有一塔高一百四十七密达，约四十三丈。车以四马驾之，能坐三十二人。末至一海口，即乘小轮船至各港口环游一周，亦有一人为之演说，各轮船各局厂之建于何时，成本若干，主人何名，均一一详告。后至新造之一大海船行走美洲者，任人往观，每人取看资一马克。欧人生利之道，无微不至，然于游人实长见识。

船游汉堡导游讲解

二十六日　上午十一点钟至礼和。是日移寓至住家客店，每月房饭一百五十马克。晚间闲游，见电车往来不绝，加以五色电灯，车内男女杂坐，须眉毕露，往来如游龙，中国新正之龙灯、端午之龙船，如土鸡瓦狗耳。电车以汉堡为最多，马车则甚少。盖汉堡以生意为大宗，店伙均朝出暮归，无家者食宿于客寓，德国名烹宋，即住家之意，其价较廉于大客寓。是日寄五哥暨何福满各一信。

电车电灯

二十七日　接德京使署王钦尧一函，当寄一复函，并附乔少泉一函。上午十点钟，偕机器师至机器厂，后至海口国家船坞，大莫与京。据云系造兵船之用，其坞尚未完工，想以后德国经营海军用力于亚洲可知矣，能无惧哉！厂名曰皇上饭工，其用意可知，我国之梦梦者仍然酣嬉，以瓜分为当然，真可谓无心肝无脑气筋者矣！

国之梦梦者以遭瓜分为当然全无心肝

二十八日　下午二点钟至动物园，观各种动物。票价一马克。据云购一月长票价三马克，一年长票价十二马克。另有游园之引导印本书，价三十分尼，上载某号某某禽某号某某兽，产于何处，获于何人，甚为详细。此园较大于莫斯科之动物园，园内龙狮虎豹甚多。龙则或在水游泳，或在岸酣睡，时张其口，若欲饲之状，无所谓嘘气成云变化不测也。狮则雄者身大而颈毛长，其色棕黄，尾长而尖处若拳，雌者身小而毛紧，与大黄犬等，惟面方若虎耳。虎豹则各种斑色均有，且有一小虎系在园中所产，时伏于大虎之背后。狮虎均好睡，想因为笼所困，无所事而常睡。狮子张口时上下唇均卷过牙根，俗所谓狮子大开口。有一狮屡张其口，系睡后欠伸。麋鹿甚多，以手抚之良驯。有种兽西名玩古驴，前腿短后腿长，后腿约长前腿三倍，其身若麀而尾长，见有一小者伏地吮乳，大者前腿立于小者之背，适遂平立，否则永无平立之时，行走甚慢，初意为狼狈也，以手抚之甚善，非狼狈之属可知，产于新荷兰云。各种猿猴自成一处，约有三十馀种，皆好动不好静，好食好淫之性均同。有一猴见一妇人，作百般亵状。其馀小猴见人至，均以双手作乞食状。骆驼有单峰双

动物园中龙狮虎豹甚多

峰者，相斗各以水哼其面。有一斑马，其斑色黑白分明，其纹若画。有一海马，永伏水中，张口若世间之龙灯然，甚属怕人。更有海属另为一室，海中之蛤蚌鱼虾珊瑚虫蜇至极小之鱼虫均备，皆用海水养之，故得不死。河属则各种蛇龟鼋鼍均备。蛇则生生不息，鼋则有大如釜者。飞禽则大小各聚一处，用铁丝为网。鹦鹉之种类亦多，非尽数日之长不能悉观。

二十九日　上午九点钟，偕机器师亚脱玛乘火车行一点半钟，至司他台下车步行二点钟至酒瓶玻璃厂。其厂有工人三百，每人每日约能成瓶二三百个。炉子均用煤气倒焰炉。暗色酒瓶即用若南康府都昌县之砂，明色酒瓶用白砂为之，其应用之料即白砂炭酸灰石淡轻三钠养碱与褐色石。其炉用火砖砌成一长方池，每一工孔有若浴盆式之火泥盆，池中之玻璃料熔化逐渐流入盆中，此盆亦用头等火泥做成。作火泥罐或火泥筒法：以帆布布桌上，平铺一寸厚之火泥，一头去其楞角，作一百二十度之斜坡，爰用铁圆筒搁上，以二人用帆布揭起包过，至接笋处用竹刀划齐，亦作一百二十度之斜坡，于是接成一气，用木板打平，再用铁铲拭光，取去铁圆筒而成泥筒。吹瓶之法：用铁管约长二尺五寸，一头作橄榄形，一头作喇叭形，以喇叭形之一头蘸玻璃约够一瓶半之料，以铁管搁于铁叉拉之，将料均拉至喇叭头处，再移至凹铁板，滚成一西瓜形，爰将铁管提起，借本身重力成一长茄式，放入模中，先有一狭而长之木片（约宽二分，厚与自来火匣片等）

酒瓶玻璃

吹瓶之法

放入模中，恐其粘也，爰以右足踏模柄，模即联合无缝，随吹随转，视模中已如式，放去右足，模即两开，将瓶取出，浸于冷水之薄钢片若刀式者在瓶口绕切之，提至炉口，略用力，瓶即脱下，将瓶掉转，有艺徒另用铁筒适于瓶之大小，将瓶插入，以口向火，片时取出，用口钳滚之，即成瓶口，另有小工以铁网承接，送入退火炉，四日取出。是厂之房屋产业及厂本共八十万马克，煤气炉共价四万马克，当时向购一酒瓶铁模计价六十马克，又口钳一柄计价十四马克半，又有压玻璃砖之器需价四千马克，各种花砖均可压成，每一工人每日工价约五马克，其各模范均自造。另有铁工厂、泥砖厂。若大之厂，并无所谓总办账房管事等人，以上均由厂主袁克陪观，观毕至其家，已三点馀钟，其妻当为备面包及酒，同坐闲谈，手中仍织花边不辍。有三十万之家财，仍作女工不辍，此厂主妇不可谓不勤矣，其夫亦敬之如宾。一子年十四，父子和爱喜笑，家伦之乐，真不可及也。家中尚育猪及鸡鸭，只有一使女及马夫园丁耳。有此巨产，并不食前方丈从者数十。食毕，其妇陪同至其室中观玩，甚为洁净，阶沿均用玻璃花砖砌成，极为雅观。至四点钟，备马车，夫妇两人同车送至车站而返。迨至汉堡，忽大雨，在路无避雨处，盖欧洲房屋其墙直上无廊檐，遇大雨皆无处躲避，此亦美中不足也。

（厂主妻子劳作不辍）

（房无廊檐美中不足）

六月初一日　购买造纸工艺书，略将其造法及各种配料方法译述如下：纸有数种，有用破布，有用柴草，有用树木，有用树皮者，大率以棉料所造之纸为最精，棉料计

（造纸之法及其配料）

29,6,1

有九种可用：

一纯白布　二纯白棉　三半白布　四半白棉　五颜色布　六颜色棉　七废麻绳　八麻布袋　九半棉破皮

以上各料，如衣料须将钮扣去净后再割碎洗净，洗法用一八角长圆木桶，内用多齿轴，轴以铁为之，用皮带连于通轴而速转，桶中贮水，桶上亦有多齿相挤轧，布中尘屑砂土悉行挤出，烘干分贮备用。既得净料，再放入圆桶转之不休，放松其纺织之性。在圆桶内有用药水有不用药水者，既放松后，再用大热度蒸汽在圆铁桶内蒸溶之。是桶约宽一密达半，高一密达七十生的，内有铁齿筒转动不息，使布屑全能熔化。兹将棉屑若干应用石灰若干及应煮之时刻列表如下：

	白布号数					白飞花	棉花号数						半白布号数	
	一	二	三	四	五		一	二	三	四	五	六	四	五
棉屑(启罗)	800	1000	1000	1000	900	900	750	750	800	900	900	900	1000	1000
灰石(启罗)	70	90	90	90	75	75	70	70	90	100	100	100	110	110
时候(钟点)	8	8	8	8	8	8	8	8	9	9	9	9	10	10

	半白飞花	袋布号数				蓝布号数					蓝飞花	半棉
		一	二	三	四	一	二	三	四	五		
棉屑(启罗)	1000	1000	1100	1100	1000	1000	1000	1000	1000	900	900	900
灰石(启罗)	100	120	120	120	110	120	120	125	125	110	110	150
时候(钟点)	10	11	11	11	12	10	10	10	10	10	10	12

既将棉料煮熔成浆，即送入纸槽内，用机器造成纸张。惟各种纸之配料不同，今列各方如下：

纸张配方

第一铜印纸第一	**第二铜印纸第二**
一桶第一号白布料	二桶第一号白布料
二桶第二号白布料	一桶第三号白布料
三桶第一号棉花料	二桶第二号棉花料
三桶第三号棉花料	三桶第二号棉花料
一桶木质料	一桶第二号半棉料
	二桶第二号棉花料
	共计二十一桶

第三刷印纸第一

二桶白飞花料	三桶第四号棉花料
半桶第三号棉花料	一桶半第二号白棉料
	共计七桶

以上应用十四加伦滑石，二十加伦胶水，内用二启罗树脂，十四加伦明矾，五十格郎木群青，六勺红色

第四刷印纸第二

一桶蓝飞花	一桶半白飞花
二桶半第四号棉花	一桶第三号半白飞花
	共计六桶

以上应用十五加伦（四十启罗）滑石，二十加伦树胶，六十格郎木群青，一勺红粉

第五刷印纸第三

半桶白飞花	一桶蓝飞花

29,6,1

二桶半第四号棉花　一桶半第七号棉花

半桶泻留路司　一桶草料

共计七桶

以上应用十八加伦滑石（四十五启罗），七十五格郎木群青，二十加伦胶水，十勺红粉，十四加伦明矾

第六刷印新闻报纸

半桶第四号袋布　一桶泻留路司

半桶油抹布　四桶第七号棉花

半桶半棉料

共计六桶半

以上应用二十加伦滑石，二十加伦胶水，半加伦明矾

第七刷印纸

半桶第三号袋布　一桶油抹布

半桶半棉料　二桶半第七号棉花

一桶半五色缝纫布　半桶无用废纸

共计六桶半

以上应用二十加伦滑石（六十启罗），二十加伦胶水，十四加伦明矾

第八小件刷印纸

一桶绳料　三桶第七号棉花

三桶五色缝纫布

共计七桶

以上应用三十加伦滑石（九十启罗），二十加伦胶水

第九精细票纸

三桶第四号白布　　一桶第三号白布

三桶半第一号白布

共计七桶半

以上应用三加伦钠养，四十二加伦胶水，三十四加伦明矾，五十格郎木群青，七勺阿尼林

第十平常邮政票纸

二桶第二号半白布　　二桶第三号白布

三桶第一号白布　　半桶第二号白布

共计七桶半

以上应用三加伦钠养，四十二加伦胶水，三十四加伦明矾，六十格郎木群青，十勺阿尼林

第十一写字纸第一

一桶又四分桶之一第一号袋布

四分桶之三第二号白布　四分桶之一第四号白布

四分桶之三第三号白布

一桶半第一号白布　一桶半第二号白布

一桶半第一号棉花

共计七桶半

第十二写字纸第二

一桶半第三号蓝布　　一桶第一号袋布

二桶第二号白布　　一桶半第二号棉花

一桶半废纸

共计七桶半

以上应用三加伦钠养，四加伦滑石，四十二加伦胶

29,6,1

水，三十四加伦明矾，六十格郎木群青，十勺红粉

第十三写字纸第三

一桶第一号袋布　　二桶第三号半白布

一桶第五号白布　　二桶半第二号棉花

一桶废纸

共计七桶半

以上应用八加伦滑石，一百二十格郎木群青，二十四勺阿尼林

第十四中等写字纸第四

一桶半第四号袋布　　一桶半白飞花

四桶第四号棉花

共计七桶

以上应用二十加伦滑石（六十启罗）

第十五通行写字纸第五，用木质

一桶第四号袋布　　一桶白飞花

三桶第四号棉花　　二桶木质

共计七桶

以上应用二十四加伦滑石

第十六通行写字纸第六

一桶第四号袋布　　半桶绳料

三桶第四号棉花　　二桶半第七号棉花

共计七桶

以上应用二十四加伦滑石

第十七粗纸第一

三桶半第一号袋布　　一桶第三号蓝布

二桶半第四号棉花

共计七桶

以上应用八加伦滑石，四十二加伦胶水，二十四加伦明矾，八十格郎木赭石

第十八粗纸（即草稿纸）第二

二桶第二号袋布　　一桶第四号蓝布

一桶半棉料　　一桶第七号棉布

二桶第四号五色棉花

共计七桶

以上应用八加伦滑石一百格郎木赭石

第十九粗纸第三

二桶第四号蓝布　　三桶第七号棉花

一桶第四号棉花　　一桶废纸

共计七桶

以上应用九加伦滑石，四十二加伦胶水，三十四加伦明矾，一百二十格郎木赭石

第二十粗纸第四

半桶绳料　　一桶树皮

一桶第七号棉花　　半桶第三号袋布

一桶第四号棉花　　一桶半泻留路司

一桶半草料

共计七桶

以上应用十六加伦滑石

29,6,1

第二十一粗纸第五

半桶绳料　　　　　半桶半棉料

一桶半五色缝纫布　一桶第四号袋布

一桶第四号棉花　　一桶第七号棉花

一桶半废纸

共计七桶

以上应用二十四加伦滑石

第二十二包皮纸第一群青色

一桶半第二号袋布　　一桶半第四号棉花

半桶第一号袋布　　　一桶半第七号棉花

一桶半白飞花

共计六桶半

以上应用十五启罗群青，四十五格郎木深蓝，一启罗法国蓝

第二十三包皮纸第二暗蓝色

二桶第二号袋布　　三桶半第六号未煮棉花

一桶半第七号棉花

共计七桶

以上应用十六加伦滑石，五十六米里立方钾养蓝

第二十四包皮纸第三明蓝色

一桶绳料　　一桶麻屑　　二桶树皮

一桶缝纫布　一桶木料　　一桶木屑

共计七桶

以上应用二十加伦滑石胶水

造法见后游纸厂记

初二日　接王钦尧并乔少泉致顾席珍、徐伯荪两君书。晨至礼和接读渠比国友人复函，云玻璃厂主刻须出外避暑，约西历八月十号回，嘱予亦待八月十号至比，并云前有日本人至彼阅视，该厂此次决意回绝，不准外人进厂观览，且至比再作商量云。

决意回绝外人参观

初三日　至瞽工院，正值该院粉刷房屋，约以明日为期。随路观其砌石路之法，下铺黄沙，砌方石，缝中均用柏油灌之，极为坚固。

初四日　至瞽工院。进院有管事者同至各瞽工工作处阅视一切。该院男女各分一处，有做刷帚者，有做绒线货者，有穿藤椅者，有做竹木器者，有做土泥各货者。见有一日本地图，用泥作成，图上均注有山川地名，工作处有不盲之人为之衬工，亦有半盲之人在此工作。予每至一处，各瞽工均请安问好，惜是日到者甚少，不能窥全豹耳。院内有学堂一所，系盲人读书之处。读书之法，系用指抹。其写字法，用硬纸，下用瓦楞铜板，上盖以长方眼之铜条，用铁丝钻凿之，能分二十六字母，凡凿时（即写字）在纸之反面自右向左，读时在正面用指自左向右抹之，即知为何字。该院另有哑人，则用手式教以言语，学者并坐，教者对坐，以两手作言语，若战舰之旗话然。是院之房屋极为清洁。院中共有瞽工六十人云。观毕，有一半瞽之女人特至账房，将写字法并其写字各具详为告明，当写一纸，极为神速。下午复钦尧一函，并发蜡人店

盲人读书系用指抹

哑人教学则用手式

29,6,4

一函，催其速为开账。

初五日　接礼和信，嘱至维登阅视玻璃厂。

初六日　晨，接蜡人店函，内有细账一纸，当即译出报知友梅林君，并将蜡人账译出附寄。计全身与胎形共五十六件，装十三玻璃箱。

各种规格蜡人模型

第一箱五件：妇人子宫一具，放大六百倍之蛋形一个，放大六千倍之精虫六条，原大之精虫一条，放大六百倍之精点一团。

第二箱五件：蛋棍四种，剖开成胎数日之胎蛋一个。

第三箱五件：成胎八日之胎形一具，剖开十二日至二十八日之胎蛋形四种。

第四箱五件：自五礼拜至九礼拜剖开每礼拜之胎形各一具。

第五箱十二件：放大之面形十二件。

第六箱十五件：分男女之形十五件。

第七箱三件：剖开之胎儿自十礼拜暨十二礼拜者各一具，剖开十四礼拜之全胎形一具。

第八箱二件：胎儿自四个月至四个半月之胎衣形一具。

第九箱一件：五个月之胎形安置式一具。

第十箱一件：七个月之胎衣形一具。

第十一箱一件：八个月之胎儿一具。

第十二箱：生产以前剖开九个月之胎儿血脉流动式一具。

第十三箱：小儿生产后剖其胸背形一具。

蜡模价格

以上共计价一千四百六十一马克二十分，合银五百六十五两。

孕妇之全身一具，计价二千七百五十六马克，合银一千六百二十五两。

妇人全身一具，计价二千八百马克。

男人全身一具，计价一千七百六十八马克。

初七日　至机器工程师亚脱麦处，详询机器，渠云每一密达方玻璃窗片约价一马克二十分。下午发王钦尧一函，告知赴维登再赴比京事。

初八日　发林友梅一函，告知欲购蜡人请即电告，用甲乙丙等字暗号。

如仅购孕妇之全身，暗电用甲字。

如连购各胎形者，暗电用乙字。

如连妇人全身者，暗电用丙字。

如连男人全身者，暗电用丁字。

如仅购各胎形者，暗电用戊字。

初九日　下午两点钟，偕礼和行伙同赴维登。缘玻璃厂系该伙舅氏所开，故彼借此引导耳。在路换车两次，工厂之多，随路皆是，每一车站必有大烟囱七八，多至二十馀者，德国工艺之兴旺，盖可知矣。至晚九点钟抵维登。

初十日　下午四点钟，偕礼和行伙至其外祖家茶会。其大外祖名哈孟，为该城之城宰，类中国之知县，在座为其弟满伦西分，即玻璃厂主，据云与李文忠曾见过一面。

29,6,10

又其子女共十八人，男者只六人，女者十二人。饮以咖啡酒饼，杯酒言欢甚乐。据云该处向未有华人到过。少顷礼和行伙亲自印相，共十七人。初予立哈孟之左，其妻女均在右，后满伦西分嘱哈孟让开，俾予与其大女儿并立，西人敬客之意当然也。

与地方官全家照像

十一日　上午九点钟，偕礼和行伙至玻璃厂，厂主及厂友两人随路陪观。该厂共生煤气炉十个，煤由炉口铁方洞倾入，其火即由地中火巷经过，回至熔玻璃之炉旁，冒上与空气会合，火焰由煤顶倒灌入地，以熔玻璃。加料之法，用一方桶，以长柄推入炉中，将横柄旋转，方桶之料即倾入炉中，再加碎玻璃十分之八，生料与碎玻璃熔后即由浮桥下流过，再重加火力，将料熔足，流入工圈，工人吹时用铁管至炉煨热，取出蘸于水而重入炉，将料粘足，先在铁叉将料拉至管口，又在半圆铁模或木模内转动而带吹，待成一南瓜式，即授与一人在工炉加热，将泡挂入地巷，吹而摆之，冷则再入工炉加热，待长短合式，另一人以一点热玻璃粘在泡尖，吹气加热而泡自穿，于是速旋之，穿洞即大，待下口径与泡身径等即成，爰置于架，近吹筒处用冷铁划之，略一敲之即脱，脱处若截圆锥形，再取熔料少许，拉成二三分径粗之圆条，在欲割处围之，略一击动，则截圆锥形脱下成空圆柱形，再以爇红之铁条在欲剖处往来移动，或略加以煤屑，则空圆柱裂一直缝，即送入平片房，将玻璃筒用悬架在旁门送进，烧至将软，推至直对正门一人，以丁字式之叉将玻璃片逐渐捺平之，于

玻璃制作过程

是推入后段，此处火力大减矣。据该厂人云，退火需二点钟之久，然以予观之，待一片摊平一片即取出，不过二十分钟耳。该厂每月约用二十二万至二十四万启罗之钠养碱，四十八万启罗白砂，可出五十七万启罗之玻璃。是炉计长二十四密达，宽四密达。退火既毕，送入裁玻璃房。先有一人为之详观有无疵病，可划大块或小块则此人主之，再将厚薄各归一处，于是装箱。又有吹玻璃箱者，系电气厂浸湿电所用，其法与吹酒瓶同，惟箱模以石为之。又有刻花者，另归一处。又有使之不透光者，用风砂以电机吹之，即不透光。又有瓦楞玻璃，此系铸玻璃，另归一厂。观毕，至其家，出酒点，并牵其一妻三女同席。其妻与予并坐，少顷，其少女出一书本，均系至该厂游观者随意书写，以志记念，予写缘起甚长，聊以志不喧也。酒毕，予赠彼一妻三女中国黑漆柄泥金扇各一柄，盖西俗惟妇女用扇。

定绘厂图

十二日　上午十点半钟，复至该厂，定绘一厂图。据云该厂每年能出八十万平方密达之玻璃，计重四百万启罗，值售价一百三十万至一百五十万马克。该厂之玻璃计用白砂五百启罗，灰石一百六十启罗，钠养碱一百六十启罗，焦炭十五启罗。每百启罗之料，用碎玻璃八十启罗。又云一万启罗之钠养碱约价四百马克至五百马克。池中有浮桥，计长四密达，其式如凹，以火泥为之。又工圈高约四寸，亦以火泥为之。每一工孔有一圈，工人取料即于此圈中取之，盖圈与浮桥均能随玻璃料上下，圈中之料为净

29,6,12

料也。做火泥各工则另一室做就，阴干入窑烧之，每砌一炉约可用三年云。观毕，至其内姨家中餐，出其一女一媳同席。下午发比京信。

店主推销手段尽出

十三日　晨，购衣服一套。该店主甜言蜜语，初欲以夹金戒指售与予，后又出各种古钱，嘱予以加倍价值买之，予均不应，以致心甚不乐，而必欲以夹金戒指卖与予，初云一百马克，递次屡减至二十马克，后予以正理折之，彼始无言而罢。总之向德国人买物，无论如何使之必买而后已，此足见生计艰难所致。缘欧俗富者则穷奢极侈，而贫者生计甚艰，以致于此。下午六点钟至玻璃厂，彼代绘一草图，地盘计长四百密达，宽一百四十密达，头门一带为各种材料堆栈及账房，次进为煤气间，又次为造玻璃厂及平片厂，又次为裁片厂及装箱处。观毕，偕小厂主至铸玻璃厂，即所谓玻璃砖也。其法甚易，下置大铁板一块，或平或瓦楞，上置一滚轴，对径约二尺，两面有齿盘，盘以铁链约，离二丈馀有一摇车，其链连于车轴。铸玻璃法，将熔料用勺浇在滚轴后，轴后另有一铁犁，其高适容所浇玻璃之料足成一大玻璃片，浇时料已熔足，则两人以勺至炉中取满，将勺柄搁在滑车之链钩，另有两人将勺外之玻料擢去，即将滑车速推至滚轴前，将料倾于滚轴后，司摇车者将车摇动，玻料若罄，犁板即行落下，一人将玻片用钳钳住，揭起送入退火炉，取料者均面带铁脸，两眼处嵌蓝色玻璃，缘既开火门，热不可当。据云此全副铁床及滚轴约值价五千马克。又云吹泡者每人每日约吹四

铸玻璃法

十至五十个左右。

十四日　接比京使署来片，询予何日抵比京，渠等当至车站迎接云云。上午十点钟至玻璃厂，复为详勘，并至地底各火巷，小厂主详为指示。下午三点钟，该城城宰哈孟约观煤矿，后至山顶游玩。是城有半山为其所业，建作花园，为游憩之所，其富盖可知矣。然有二丈石级，为其亲手砌筑。环游一周后至一山顶，见沿路树木之整齐，山径之平坦，令人心境豁然，精力倍振。至山顶，有一加菲馆，于此少息。少顷其妻自带茶点，分给各人食之。游玩者妇孺为多，秋千架体操架各种俱备，任人顽耍。该山有一煤矿，矿井计深一百密达，见有一大烟囱，询之始知为煤矿之气筒。城中自来水之水塔亦在山顶，所以无论若干高之层楼，其水均能至也。又有各种学堂亦在山上。凡加菲馆游玩之妇女，手中仍工作不辍，于极奢侈而极富豪之妇女，无一刻忘工作，此安得不富乎！归寓寄比京信。礼和行伙强迫予写信致礼和向此处玻璃厂购办各料，几至斗口，适其父来告别，至伯灵始无事。

山顶花园游憩之所

十五日　晨，将该厂所绘之图给还，并至厂主处辞其今晚晚餐。缘德人最为算小，处处占人便宜，即一饭之德不易报也，故辞之。并至各处辞行。回寓发林君友梅一函，并寄厂图一纸。又发礼和一信，云昨前两日至满伦西分玻璃厂，承厂主极为优待甚感，兹恳者请贵公司函致该厂，请其开一每年能出四十万平方密达玻璃之机器及火砖铁器等账，倘该厂愿为代办，其价能较廉于别家者，当函

德人算小一饭难报

价能较廉自当购买

29,6,15

致敝东，得有确实回音，自当向其购买云云。下午二点钟，偕寓中管事人同至电气厂，系造各种电池，见其木工厂所用刨凿锯各机器，真可巧夺天工，询之，其价约九百马克。厂主领至各处观看，电池均用玻璃箱玻璃管，内实强水浸铅片，应用电若干，即配箱若干。又有若明角之玻璃箱，询之，始知以棉花轧成，即泻留路司，若无烟火药类也，燃之即烧。有一手提电灯，计价六十马克。各种电灯无一不备。观毕，至账房少憩，赠以章程及价目表共三本。后又至肥皂厂。此厂甚小，共三铁锅，式与西艺知新造肥皂铁锅同，锅边有一铁架，以手揿之，锅底肥皂翻转，如是不致焦黑。此厂所制均软肥皂，盖欧洲凡洗地板扶梯均用之。油则全用椰子油，出于印度者，据云每吨约价二百马克，以硬者作条块。切条之法与己法同，惟切条之后须至刀床抽过其刀。床若刨床式，约长三尺，宽四寸，床上有一方洞，适于条皂之粗，两面均有刀口，一面刀口有螺丝，可以大小收放。上下有圆轴，法以肥皂一头抵入洞口，一头有一活柄，用力推之，肥皂即在洞中切过，即光滑平正。如欲切块，则移至切块机切之。其机约长二尺，宽一尺，一头有铁板抵住，离板处若块之长有一槽，槽中嵌一薄刀，可以自下向上，以条皂四五条平置在槽之左右，另有两铁条押住肥皂，爰将刀柄揿之即成块。又有打印机，若钻床式，下模适如块皂大，模中有挺杆，以两足踏之，可以上下，上模上面用平螺丝，以手转之，即刻入模圈印就，将上模提起，以两足踏之下板，即将印

手提电灯

软肥皂

成之块抵出。

十六日　上午十点钟乘车赴比京。换车二次，一哈根一亚亨。下午二点钟至拔维晏，系比国界也。曾忆上海有拔维晏洋行，盖即以地名名其行。是处有关卡查检行李。至下午七点钟（德国方六点钟）抵比京，即雇车至中国驻比公使馆。当时使馆中随员兼翻译徐伯荪、随员顾席珍在车站等候，因两不相识而未遇。先见随员劳伯善，少顷顾、徐二君至，一见如故，相叙甚欢。当即投公文见驻比公使杨星使，即下榻使馆，允为明日行文至比国外务部，派员陪同游览各工艺厂。

抵达比京

十七日　晨，偕徐伯荪、顾席珍乘火车至比国海口盎威司。是日为开此海口之百年期。此口系法国所开，故有法兵船两艘来会，志不喧也。下车至张尧赓所设之账房名华兴公司。张系宁波人，妻法人，至欧洲已二十馀年，商人也，近日方集股设一华兴公司，仿西人在中国之洋行式，做各种进出口货，以中国之货样寄至比国，以比国之货样寄至中国。惜集股不多，不克多办货，且比国全国只张君一人，此所以数十年之利权仍操纵于各洋行，殊可叹也。在座有使馆随员兼参赞祁君月、沈君研裔、官医陈君剑航诸人，皆西装，惟顾君席珍系华装。午餐后游动物园，园中妇孺见顾君之辫，莫不掩口葫芦，甚至哄然大笑。观毕至海口，各行家无不挂灯悬旗，兵队军乐甚多，杂以旗帜，至各街游行，热闹异常。是口为天然生成之口岸，与上海仿佛（欧洲各口岸均用人力筑成者多）。是日

华兴公司

使馆人员多穿西装

29,6,17

适值德国新公司轮船开往亚洲，船上各华人见张君等，均招手为礼。晚间公园中观烟火，至则已无插足处，椅座均预为定去，座中妇女约居十分之七八，轻装淡抹，一大观也。烟火自九点钟放起至十一点钟止，光怪陆离，殊属可观，惟究不如在日本所见之佳，盖一在岸一在水也。

十八日　晨，至德人所设之行名格来次，约明日同至舍罗怀往观玻璃厂。午刻偕顾君席珍返比京，陈君剑航赠海口景图一册。

十九日　上午十点钟在南车站候格来次之行伙名肯采者，同至舍罗怀玻璃厂。是厂系三年前新建，其式最新。厂前两面系煤气炉，中间为汽锅，后为烟囱。汽锅前为火巷，火巷前系熔炉，熔炉前之工孔系图式工孔，旁为工炉，工炉系长方式，约开火门六，每火门前有长短沟各一，短沟中置放半圆木模，旁有开关火门机，以童工司之。取料成圆弹，即移至木模，吹成北瓜式，吹管下段拭黄蜡送进工炉，上有铁钩铁链及滑轮，移送极便，烘软即移至长沟，随吹随摔至长大合式，童工即取一点熔玻璃料粘于管底，以木条凿一洞，再移至工炉烘软，取出速旋，旋至洞口与管径同，即搁在铁勾，移至木架待冷。女工用车将玻璃筒运至平片房，每车运十二筒，另一人将筒用金刚钻划开，两头用木夹夹住，女工将玻璃筒搁在平片炉侧门之弓架，推入炉中烘软后，即推至平片炉之正中，一人以木棍将圆筒两面摊开，然后以方木块长一尺厚寸半宽二寸，系软木，将用时置炉前之铁板烘干，然后以一头弓形之铁杆烧红而刺入木块，将玻璃捺平，即平送入退火炉，如此连环不绝。既取出，在水池内浸之，于是送入划玻璃房。是厂之箱板均用机器锯之。观毕至账房取砂样一袋。

二十一日　偕徐君伯荪至蜡人馆观一切生育与病状蜡像。男女各种广疮及阳具阴具种种发毒之态均备阅之，令人心寒，不致有苟且图乐之事，于少年持身之道不无裨益。是馆系搭盖篷帐，各种玩具均有，约设一二月又移至别埠矣。以生财之术能到处长人见识，警醒痴人，正一举而两得也。

人体科普流动展览

油画院

二十二日　偕张尧赓夫妇至油画院。房屋广大，下层系铜像及石膏像。初进为各皇之像，再进为各神之像，均有生气，非若中国之呆木偶也。拾级而上，均系白石为阶，墙壁亦均白石，是层皆油画，栩栩欲活，种种怪形均备。有若干油画画师在此临写。盖此处为油画汇萃之区，系历年各人捐助，不下千幅，各为一室。室中有大圆椅，绒垫绒靠，对径约七尺，可以四周坐而静观。

各种土产任人观览

二十三日　偕张尧赓夫妇至土产院。各国各种土产均备，装以玻璃箱，内有一牌写明出于何国何处有何用，中国各土产亦无色不备，以矿石五谷布匹为最多，任人观览，此工商各业之所以能振兴也。不似汉口商务局所备之各种土产，终年闭置室中，不令一人得窥其颜色，此中国之商务所以永远无振兴之日。是日杨公使电致利爱虚枪厂器皿玻璃厂，云有敝国之游历委员拟至贵厂游览，请为款待云云。当日得复电，云准于二十六日至敝处阅视枪厂及

汉口土产终年闭置不令人观商务之弊

29,6,25

器皿玻璃厂，当备汽车迎接，允为款待云云。

二十五日　偕波乃并使馆各人至煤气厂。该厂共有三十二炉，将煤烧成煤气，一炉煤计烧四点钟之久，另换生煤。其煤气经过曲折各管，然后由水池经过，使气之冷也，再使之过洗气筒，对径约五尺，内贮砂石与清水，煤气于此经过，则一切秽物均能洗净而变成净煤气，然尚未尽净，而又以黄土洗之。法将黄土铺入铁柜，使煤气曲折经过，以白纸试验不变色者，则为极净之煤气，于是放入气柜备用。另有一房，各路各有一表，何路用气若干及气之清浊，均于此表验之。另有一室，能将各气管之秽物取出，其色如元明粉者可以作肥料，尚有黄绿色者可以作颜料，煤气中洗出之黑油流于沟中，结成硬块，取出即柏油，以之砌阶涂木，用处极广，种种渣滓，毫无一点弃物，化学之功用溥矣。观毕出厂，妇孺围观者数十，是日使馆各人均华装故，幸有警察兵二人随后护送，又遇警察官同行，至上电车而别。噫！若中国之警察，直赘瘤耳。

煤炭之综合利用

二十六日　晨，偕使馆各人乘火车至利亚虚，该厂预派汽车至车站迎接。抵厂，由工程师及会办陪至各厂观玩。造枪机器均购自德国銮威机器厂，工人妇女为多，每人管四机而裕如。枪上各种模范均用汽锤打成，然后再上车床车之，枪柄亦均用机器车成，一杆枪柄约十分钟即成，不若中国枪厂有不用机器者，每杆枪柄至少需二三日方成，相形之下，其成本之贵贱及工作之迟速为何如也。据云此厂每日可出枪五百杆，轧铜壳与装药装弹机则灵巧

枪厂工人妇女为多

至极。装药装弹以两女人司之，每分钟约可装四百颗。此厂所造以猎枪为多，马枪手枪次之，小口径毛瑟枪又次之，缘该国无战事故也。另有一厂专造脚踏车及汽车。观毕至试枪处，有一人在此专司试验各枪之准头与速率及线牌之是否合度。枪巷计长二百密达，一人在此放枪，一人在彼视枪弹之中否。放枪者两耳重听，缘终日放枪，为枪声震聋。会办当饬人将各种枪枝俾予试放，放毕同至客厅，示以历年各种新旧各枪，饮以湘饼，并电告器皿玻璃厂下午往观，当派一酬客者同乘汽车至饭馆午餐。至下午二点钟，乘火车至器皿玻璃厂，投刺后即派一监工同至各厂观览。是厂熔炉系圆式，四面有孔，取料均系童工为之，司模以工师为之，各种杯盘均用模压成，而另装柄脚，则以手工为之，然大柄脚亦有用模压者，若长而中空之器，则均系吹成，有用模有不用模。其模以铁为之，均倒悬水池，用时以左足踏之，则模透出水面而直立，再以右足踏之，则两片密合，待器已吹成，先放右足，模即分开，次放左足，模即倒悬水中，各种火油灯罩之法亦然，再将两头锯断，下头磨平，上头用倒焰火烧光，然后退火打印。印用橡皮刊成，上胶水将罩滚之，一人以砂掺于印处，砂为胶水所粘，以火烧之，即成不透光之花纹或中西各字矣。各种水杯亦吹成后截去上段，用火烧光其口，欲绘花者即入蜡锅镀蜡，然后刻花。刻花亦用机器刻之，一机能刻四杯，一头以手牵动，照平板之花样绘之杯上，即缩小若干倍而成立形矣，以之浸入药水蚀之，拭去所涂之

玻璃器皿各种制法

29,6,26

蜡即成。亦有车成各种花纹者，其法与车玉器同，车共四套，初用钢铁，次用砂石，次用皮砂用木轮。灯罩退火约需八九点钟之久。亦有双套颜色者，其法以白为底，外加红或绿，成器后车去外层红绿色，则所留者为白底花纹。该厂工匠以女工为多。观毕至客厅，则皆排列各种式样之器皿，以备商人订购，陆离光怪，甚属可爱，惜彼不肯零售。临别各赠一书，即详记该厂所有各种机器及造法。

二十八日　在使馆中随班恭祝万寿，除张尧赓夫妇，外客无一至者，殊觉寂寞。

二十九日　晨，偕署中各友及张尧赓、波乃同至舍罗怀煤矿，盖由厂主符而葛预约也。至车站，则已预备专车。及抵舍罗怀，则见中比两国之旗高悬，厂主已备车久候。乘车至矿厂，则各矿师均鹤立恭候，自车站至厂，一路均挂龙旗，缘振贝子前曾至此而特备也。至则皆换穿矿衣，各提一矿灯下矿。矿井计深三百三十六密达，左右两滑车，一上一下甚速。至矿巷，高不过一人，宽约一丈，下铺铁轨，上用硬树架住，或人字式或门字式，两旁立柱，有用板衬有不用板衬者。约一里馀有一风洞，风洞处两头有门。约行四五里，有抽水机一具，四面有电灯，至此一路有流水声若山涧然，水均聚汇于此，抽上地面。复行四五里，则矿巷甚矮，须曲背而行，下则泥泞不堪，殆即佛家所谓泥犁地狱也。至则矿工二十馀人在此开挖，同行者已困惫不堪，均就煤块而坐。少顷，予自取煤锄，锄煤约三十馀斤，毫不费力，盖煤甚松而有纹路。各矿师见 煤矿情形予锄煤，甚乐，将所锄之煤携出洞外，将纸包裹，使予带回。少顷另走他巷而回，此巷比前巷约近一半。洞中运煤法，将煤装入车中，推上铁轨车，为铁链带动，陆续而前，毫不费力，左边煤车去，右边空车来，循环不息。卸车上车亦用女工。分煤块之大小亦用机器，计分三等，毫不费力。据云是矿开井及机器费银三十万两，尚未见煤，嗣后加本方得煤，其用力之果盖可知矣。此山并不高，若与平地等，然煤如是之旺，取之不竭。观毕更衣，乘车至火车厂。此厂亦符而葛所开，据云符而葛共有三千万金家业云。抵厂，厂门亦悬龙旗，由该厂之总办及工程师领看各机厂，厂主及矿师亦陪观焉。木工厂之锯刨钻凿均用机器，刨机所刨不止一面，四面皆光，如欲起槽，则槽亦挖就，所奇者，刨下之木花锯下之木屑，即由铁管中吸至锅炉生火，既省煤而又免木花木屑之无所安置。上等火车均用栗树（即橡树类），其馀则松杉。铁工厂打眼用大压力机压之，帽顶之法，平面用锤压，横面不可锤压者则用冷气压，无论何处均可压，帽气锤之具若牵钻式，有一皮管通冷气，此管甚长，通至厂外。所造之火车，代中国芦汉铁路公司造二十辆，代亚非利加意大利各造若干辆。噫！比国全境，其大仅中国之一府，竟能代各国造火车，此安得不富乎！该厂主共有煤矿三，又有此厂，所谓敌国富也。马车经过之处，观者甚众，均肃然无哗，并皆脱帽示敬，此由其声势所致，且远近数里皆其门客雇工也。经过车站时，即嘱站长预备专车，观毕至其别墅，即其避暑

芦汉铁路购车二十

煤矿厂主声势赫然

29,6,29

处，园林之广大，房屋之富丽，难以言喻。至则侍仆六人，一色服式，鹤立以待，下车各以板刷与客刷衣。进堂屋均上楼盥手。少顷入席，主人居中，予首坐，次祁君月，对面沈研裔，又次张尧赓。杯盘刀叉皆银，食鱼则用金者，花瓶均银为之，菜之多味之美，更不待言。食毕散坐，至廊下观古玩，中国之丝竹及古玩服饰均有，并有大内之物甚多，即庚子之役所得者。对大门一铜像如来佛，大门左右各立一佛像，系得之日本者。又有如来佛之铜首，高约四尺，对径约二尺五寸，其馀各种佛像甚多。临行各赠矿务章程一本、铜像一尊及矿灯一盏，即下矿时各人手提者赠之，以作记念。由火车厂总办送至车站，专车已备妥久候矣。

三十日　偕署中各人及张尧赓、波乃至舍罗怀玻璃厂。此厂较小于前观之厂，法均同前，惟平片炉烘玻璃筒作两次烘之，初用微火，次用大火，此法似必较胜于一次。是厂有五色玻璃，以乳白色玻璃为最多，反面用风砂蚀毛，各裁长不过五寸宽不过二寸半，或云砌墙，或云照相，或云用以作招牌，然究不知其实在用处，因不解法语，不克详询。临行赠一价目单。是晚至妓馆，各妓蔽体惟罩一纱衫，开门见山，一览无遗。四壁悬大镜，左右顾盼，令人应接不暇。共有七八妓毕集是室，若么二之移茶然。于是各挟一妓，任所欲为，或饮湘饼，或弹琴，或搂腰跳舞，尽欢而散。 欧洲妓女

七月初一日　因回汉堡，至杨公使处辞行，张尧赓夫

欧洲官妓较华尤甚

妇及徐伯荪、顾席珍各赠照片一张。晚间祁君月、沈研裔、徐伯荪、波乃及张尧赓之夫人麦搭梅同至城中晚餐。隔座有两老者挟妓饮酒，两妓时作眼色劝予等饮酒，后为两老所见，禁彼此不许斜视，然两妓劝酒仍自若也，盖两老已酩酊矣。欧洲官妓之风骚，较诸华妓尤甚。食毕彼此握手言别，祁君月等均送至车站。十点钟开车，夜半二点钟车抵德界之亚亨，下车将行李搬至关上，查检毕，换坐德车开行。

初二日　晨五点钟抵坎耳，下午二点钟经过横内，见有煤矿甚大，并有铁矿，其厂之多不可胜数。煤矿中所有极细煤屑均压成煤砖，用与煤块同。五点钟抵汉堡。接蜡人店信片，询问蜡人是否要做。

初三日　发王钦尧、萧良臣及丁晓树信，又寄五哥信。下午至礼和行催其开账。

初四日　发意京颂南信、比京徐伯荪及张尧赓信，又发蜡人店内明信片，许彼十四日内有回音。

初五日　接王钦尧信，内附杨佑之信，并砂一包，系黄伯雨太守托在欧洲代为化验者，当复王钦尧信，并附乔少泉信，又复杨佑之信，托杨次伯转寄，并附宗子立一信。

初六日　发林君友梅信，请先汇银一万两，以便定购各种火砖暨机器等。

初七日　接俄京陆子兴函，云可赞仁砚兄大人阁下，七月初一日接奉闰五月十五日由莫斯科惠书，披诵再三，

29,7,7

且欣且感，藉悉文旆安抵德京为慰。弟从役俄都，十有二载，光阴如驶，毫无建树，所幸贱躯尚能支持于冰天雪地间，堪以告慰锦注耳。承委探访玻璃厂一节，森都有国家玻璃厂，规模宏大，兼造磁器，他省定有民间私造，容再探悉续闻。念劬先生来俄已阅三月矣，同室相处，朝夕晤谈，极朋友之乐事。弟定于八月初束装东渡，回申葬亲，并以奉闻，此复。

初八日　上午偕女教习毕士乃司梏乃至博物院。是处系一学堂，内藏各种古玩，每日悬牌，由某时至某时任人观玩。院内各国之物均备，中国惟以磁器见长，皆乾隆雍正时物。院内日本之物最多，俾堂中学生朝夕观玩，此所以能多知各国土产，而他日自能兴起也。下午观送殡，甚热闹，不下四五百人，观者甚众。

博物院内中国惟以磁器见长

初十日　晚间至戏园观剧。该园看楼分四层，环抱戏台，而每间仅坐四五人。购票者均日中预定，若临时购票，必无佳座。座中约能坐二千馀人，予在第三层，烈烈可危。观一点馀钟即回。是园人多而养气不足，予所不取也。

十二日　系德国重新立国之日，盖即大胜法国之日，是日（西历九月二号）各家悬旗。晚至弗亚哈华司茄菲花园。是园甚大，设座约三百馀座，然迟至者已无插足处。是园系临湖边，湖中男女乘瓜皮艇，皆在水中央。或夫妇一艇，或兄弟姊妹一艇，或邀素识者一艇，不一而足。天既黑，有悬五色灯者，有放电光者，有划桨者，有

德国花园热闹景象

随水飘荡者，有极新之衣为水所湿者，嬉笑寻乐，无所不至。西女夏季所穿之衣，白者为最多，蛋青湖色次之，红者极少，皆头戴罩前草帽，中国端午日各戏园所演之《白蛇传》，无此佳丽。或掷以花，则乐而戴之。有在艇饮皮酒吃面包。此时如在山阴道上，如在三潭印月，如在断桥，如在兰溪观荡桨，真令人应接不暇。隔座有三女，互相戏谑，盖非妓即婢也。军乐大作，则水陆拍手不绝。有可笑者，予所坐处距作乐处已甚远，不过略闻音响，在湖中者并音响不得闻，然闻拍手之声，亦均拍手不绝，近于誉也。至十点半钟，闻炮声隆隆，知烟火之将放也。其放在对岸，共放十馀架，色色俱嘉，与在日本所观者同，较诸在比国所观者胜，盖一在陆一在水耳。大抵放烟火须在水中，或旷野无树木遮拦处，方尽其长。

皮酒（啤酒）

十三日 上午至礼和后，折至技艺院，即大理石像及各种油画院也。房屋虽不及比京油画院大，而油画则较胜于彼。下午接意国使馆赵颂南复函，云可赞吾兄先生大人阁下，别一年不通音问，初不料阁下遽来欧洲，接读手教，喜出望外。阁下此次壮游海外，遍览各要埠，考察工艺，极盛之举，较之弟虽在外洋，拘于一隅，绝少闻见者，迥不相同，愧甚羡甚。西伯利亚铁路尤为人所罕经，阁下先亲历至此，可谓壮矣。一路阅历，必有可述，恨不得即日与公一见，闻所未闻。此道于行旅已方便否？便中先示一二为盼。归途自以海道为快，道经罗马，尚图良晤，盼甚祷甚。阁下所欲知之事，就所知者详答于下：

赵颂南信

一、意国各厂可以游览。

一、意国著名之工业，为磁器、丝绒、葡萄酒、玻璃等。

一、大玻璃厂在意大利东北境，地名弗尼赛，系私家制造厂，并无禁人游览之事，但阁下决计来游，先期函订，该厂主当无不接待周到。弟已问诸本国人，均以为可以游览，俟得有的确允许，再容函告，但阁下不必作不能游览想也。

一、罗马相近处无大厂，只有织绒厂（椅子上用）一所。

一、厂家无熟识者，因未经访问也。如阁下来，又有星使可以写信，当无不可到之处。

一、阁下如来观弗尼赛玻璃厂，其路程若经法国，似不必先至罗马。

一、人形鸟兽形之碑帖，须于埃及得之。罗马虽古都，然已在有文字之后矣。

一、自意大利海口名捺波来司至上海，头等舱一千八百九十佛郎，二等一千零三十三佛郎，三等六百零五佛郎。

鄂中近事，俟阁下来时详聆一切。弟在此碌碌少欢，出门之时甚少，揆伯虽有千金，恐尚不足以游欧洲。何时来游，务乞先示为盼。

十四日　寄比京徐伯荪一函，内附波乃嘱绘华式房屋图一张。

十五日　寄赵颂南函。

十七日　游商会议院。

十八日　游植物园。是园即在动物园对面，各种花卉草木均备。稻以中国种为最佳。一种荷叶，有大至四尺对径者，边均向上，若圆盘然。稻花等宜在热处者，另有一暖房。各种花卉草木，均悬牌注明名目出处，任人观玩。童而习之，及长无有不识之鸟兽草木者，较诸华人之日读《诗经》及《本草》《山海经》，其效果何如也？

各种花草悬牌注明胜读死书

十九日　至小戏园观剧。该戏台环抱共十四格，每格坐八人，对台坐二三十人不等，共三层，约计之可坐八百人。所演之戏无甚意味，亦系男女言情，或故倒其文法语言，聊以供人一笑。

制肥皂书之书目

二十一日　购制造肥皂书三本，兹先译其目录如下，其配料及熬煮法一时不及详译。

卷首，肥皂厂应用之生材：钾养　腐蚀钾养　木灰　钠养　腐蚀钠养试验各种苛性钾养法　试验各种碱质法　试验钠养法

油类：生物油　各种脂油　骨油　马油　猪油　兽油　鱼油　植物油　椰子核油　椰子油　橄榄油　棉核油　柏油　亚麻油　罂粟油　胡麻油　松香

肥皂厂之大概布置法，各种熬肥皂锅之式样，熬肥皂之新法。

各种机器什物　新式制油器　磨油机　榨油法　榨油机　切油机　平常通用各器　蒸油器　漂油器　漂椰子油

29,7,21

器　喷油器　各种熬肥皂锅　用砖取之熬肥皂锅　公用之汽锅　熬肥皂锅及掏肥皂器　美国新式掏肥皂机　双套汽锅　运送肥皂之车桌等件　各种裁肥皂机　刨肥皂机　各种压块及打印机　凉柜　各种肥皂粉机

卷二，肥皂种类：条皂　本色皂软肥皂　盥沐香肥皂

第一类条皂　二成椰子油一成枯通油之蜡色肥皂　脂油及椰子油之蜡色肥皂　椰子油及松香制成之肥皂　黄蜡肥皂　象牙肥皂　电气肥皂　硬肥皂　松香肥皂　平常松香肥皂　德京松香肥皂　义国松香肥皂　八十分之松香肥皂　一百分之松香肥皂　英国松香肥皂　俄国松香肥皂　二成松香及毛骨油制成之棕色肥皂　二成松香制成之英国黄肥皂

第二类本色皂　椰子油肥皂　英国椰子油肥皂　椰子油黄肥皂　土耳其椰子油肥皂　红椰子油肥皂

第三类香肥皂机器　刨肥皂机　裁条机　弹子肥皂机　切块机　烘橱打印机

第四类盥沐香肥皂　用凉度造成之香肥皂　用热度造成之香肥皂　香肥皂应用之各肥皂如下：牛油肥皂　橄榄油肥皂　椰子肥皂　黄肥皂　海肥皂　软肥皂　杏仁肥皂　玫瑰肥皂　凉度造成肥皂　橙黄色肥皂　柠檬肥皂　各种颜色肥皂　红肥皂　黄肥皂　橘黄肥皂　棕色肥皂　绿肥皂　金黄色肥皂　蓝肥皂

香肥皂之各方　凉度造成者德国法

本色肥皂　鹰色肥皂　菠萝色肥皂　苹果色肥皂　凤

仙花肥皂　安息香肥皂　柠檬肥皂　杉木色肥皂　地床子肥皂　接骨花色肥皂　五倍子色肥皂　蜜色肥皂　生菜肥皂　橘黄色肥皂　玫瑰色肥皂　硫黄色肥皂　堇花色肥皂　肉桂肥皂

热度造成者法国法　菠萝色肥皂　苦杏仁肥皂　红花色肥皂　橘花色肥皂　柠檬色肥皂　蛋黄色肥皂　堇花色肥皂　海草色肥皂　蜜色肥皂　栗色肥皂　百合色肥皂　橘黄色肥皂　干草色肥皂

凡煮熬肥皂所用之油，生物油则牛油羊油猪油鱼油骨油，植物油则椰子油柏油棉核油松脂等均可。煮熬肥皂所用之碱，则钠养碱钾养碱，今则另有一种烧碱，专熬肥皂所用。油碱两项，虽制造肥皂书中详言其质地，然今皆有现成之料可买，可以不必具论，兹将煮熬法略述如下：

煮熬肥皂之法

煮熬肥皂，先以若干油置于铁锅，或用锅底加热法，或用热汽管过热法，则视资本之大小而定。惟用热汽管过热法有数善：一、锅底不致结块而变黑色；二、不必用人搅掉；三、不必常常添水；四、上下热度均匀，成泡粒较易；五、可以排列多锅，仍用一人司之；六、肥皂颜色比火煮者佳。有此数善，故大肥皂厂均用热汽过热之法。待油既融化，然后加入碱水，屡熬屡加，至碱与油逐渐结成肥皂，待火候已到，肥皂已成，即息火待凉，而后掏入木箱，使之结成大块。然各种肥皂之配合法均各不同，非亲自试验不能得其奥窍。盖油与碱不能偏重，务使之不多油亦不多碱，方能成肥皂，否则不能也。今略述数方，以备

29,7,21

有志于斯者之采择焉：

白蜡色肥皂　用脂酸一千五百磅，置锅内加热熔化调和，四千五百磅暴麦浮表十二度之钠养碱水，另器存贮。油脂熔化之后，先加五分之一碱水，待碱水与油结成肥皂，然后再加五分之一，如是逐渐加入。先成如乳汁之流质，再加热度，俟熬成稠质之胶形，以桨绞之，有丝飞袅，浮面小泡全行消灭，稍加热度，面上即成偏坡之形，如是即用食盐分出内中所馀之碱水，取一团试之，若肥皂中之碱水变成极淡之清水，息火一点钟，使其分清而放去之，或用抽水机抽出之，再将一千磅十八度之碱水加入锅内，重加热度，再加入五百磅椰子油，加大热使其满发泡后，再行平落至明亮清澈为止。 白蜡肥皂

又椰子油（出印度）一千二百磅，棉核油六百磅，置锅中，先用三分之一计一千零八十磅二十度之碱水用火煮，或用热汽过热法使之渐渐融化，视碱水与油全结，加第二次三分之一计一千零八十磅二十度之碱水，爰加大热，视其全行结成，再将所馀三分之一碱水计一千零八十磅加入锅内，用大热度煮之，渐成稠质之胶形，及至明澈无多泡无斑点，此系油与碱结成肥皂之证据。以上共用三千二百四十磅二十度之碱水，有时或有馀或不足，可以消息为之，若有馀则用盐水分清之法分去之，不足则再加二三桶碱水以补之（每桶约重三十磅）。

黄蜡色肥皂　用椰子油二千磅置入锅内，调和暴麦表十二度之碱水六千磅，初次加一千磅，视其与油结成，再 黄蜡肥皂

加一千磅，如是至碱水加毕为止。凡加一千磅碱水之时，极少须加一百磅二十五度之炭酸钠养碱水或五十磅晶碱。

松香肥皂

松香肥皂 美国松香肥皂，用硬脂酸一千磅，粗椰子油二百磅，松香八百磅，置锅中，用四千磅十五度之碱水逐渐加之，熬至清澈为止。约熬三点钟时，息火待凉，再用盐水分清法将水分出，或放去或用抽水机抽出，若抽出之碱水尚有八度碱力，须加火再熬。

松香与他油各半肥皂 先用一千磅硬脂酸置锅内，与暴麦浮表十五度之碱水六十六桶又三分桶之二（每桶计三十磅）熬成肥皂，再用松香一千磅，加二十度至二十五度之碱水，最好七百磅之松香用二十度之碱水，三百磅松香用二十五度之碱水。

俄国松香肥皂用松香十成至十二成者 先用一千磅硬脂酸置锅内，寻常用二十度之钠养碱水熬成肥皂，再加一千至一千二百磅松香，用十五度碱水熬之，至末次则用三十五度之碱水，熬至成胶结成肥皂为止。

英国松香黄肥皂用五成松香者 先用硬脂酸二千磅置锅中，初用暴麦浮表九度至十度之钠养碱水，次用十四度至十五度之碱水，再用十八度至二十度之碱水，待熬成，用文火熬之，爰加一千磅松香，打成小块慢慢加入，用八百磅二十度至二十一度之钠养碱水，均照上法为之。

各种肥皂之配合均各不同，非亲自屡次试验，知碱水之浓淡，火候之大小，一一均心领神会不可，然有此数方，可以类推，至若牛油肥皂之熬法为最易，已详见

29,7,21

《西艺知新》，兹不备载。

二十四日　接礼和行所开之账，仅炉子之料需价八万四千零三两，盖满西分所开之价照原价已贵若干，又经礼和再加三成，此账之所以不能观也。兹将其账译出，以备讲求玻璃工业者参考焉。各种造价

第一熔玻璃炉（每年能出玻璃八十万平方密达）

头等火砖送至汉堡（德国海口），约重二百八十六吨八五，计价四万二千四百五十五马克二十三分尼。

二等火砖煤气巷及烟巷用送至汉堡，约重五百三十吨，计价四万七千四百七十马克七十分尼。

最好火泥灰装袋送至汉堡，约重三百吨，计价一万七千五百五十马克。

平常砖约三百六十立方密达，计价五千六百十六马克。

定做熔炉内刀口火砖，约重九十吨，计价一万零二百九十六马克。

现成熔炉内刀口火砖，约重二十吨，计价二千二百八十八马克。

大火泥圈十五个，每个重一百启罗，计价三百九十马克。

小火泥圈十个，每个重十八启罗，计价四十六马克八十分尼。

工圈十五个，每个重四十启罗，计价八十八马克七十八分尼。

丁字铁门字铁三角铁圆铁扁铁，约重二十三吨，计价四千九百三十三马克五十分尼。

煤气火门二个，调换风火门一个，三角铁板十块，铁撑二十六个，以上铸铁约重十吨，计价三千二百八十九马克，进料桶一只，计价三百九十马克。

以上共计十三万五千零九十一马克零一分。

第二工炉

二等火砖每一工炉约重五千一百启罗，计价三百六十八马克三十分尼。

头等火泥灰约重一千七百启罗，装袋送汉堡，计价九千零九马克四十五分尼。

钢轨夹板约重八百二十启罗，计价一百七十五马克八十九分尼。

铁火门一个约重半吨，计价四百二十九马克。

平常砖十三立方密达，计价二百零二马克八十分尼。

以上共计一千二百七十五马克四十四分尼，应用六座工炉，共价七千六百五十二马克六十四分尼。

第三平片炉

二等火砖三十六吨，计价三千二百四十三马克二十四分尼。

平片炉约重三百六十启罗，计价五百三十二马克八十二分尼。

二等火泥灰装袋送至汉堡，约重十二吨，计价七百零二马克。

29,7,24

铜轨夹板约重四千二百五十启罗，计价九百十一马克六十三分尼。

铁火门一个口径四百米里，又二个口径二百米里，平片车两架，抬片车一架，半圆架一座，门一扇，烟囱一座，生铁熟铁约共重四吨，计价三千二百五十马克。

平常砖五十三立方密达，计价八百二十六马克八十分尼。

以上共价九千四百六十六马克四十九分尼，应用八座平片炉，共价七万五千七百三十一马克九十二分尼。

以上三项总共计二十一万八千四百七十五马克五十七分尼，以每银一两易二马克六十分尼算之，计银八万四千零三两。

又每年能出玻璃二十五万平方密达者，共计价十四万七千四百七十一马克六十一分尼，合银五万六千七百二十两。

是晚接比京使馆徐伯荪函，询何日赴比京。

二十六日　复徐伯荪函，约渠在下礼拜一二赴比京。又寄意京使馆赵颂南一信片。

二十七日　接亚脱玛一账，云每年能出玻璃二十万平方密达之玻璃炉，其各价如下：

二等火砖约重二百五十吨，计价一万七千五百马克。

头等火砖约重六十吨，计价五千马克。

又六十吨，计价六千马克。

二等火砖约重七十吨，计价四千八百马克。

火泥灰约重五十吨，计价三千二百五十马克。

丁字铁约重十五吨，计价二千七百五十马克。

熟铁约重十吨，计价一千八百七十马克。

铸铁约重十吨，计价三千零八十马克。

细工熟铁约重十吨，计价五千马克。

炉子之图样，计价六千马克。

以上总共五万五千二百五十马克。

代雇工程师，以三年为期，每年薪水一万二千马克。

代雇工匠一名，以一年为期，计薪水六千马克。

是晚寄林君友梅一函，内附此账。

二十八日　十一点钟十四分开车赴比京。

二十九日　上午十点七分钟在坎耳开车，下午二点钟抵比京。

王子观画与常人等

八月初一日　下午至新设之油画院，时比国王子亦在，与常人等，不过有一人陪观耳。晚顾席珍请观剧。

初二日　上午，偕张尧赓夫妇及必加同至舍罗怀玻璃厂对面之酒店，托彼倩一打样者及一吹玻璃匠，盖该店主亦吹玻璃匠也。渠云由打样者另请工程师至中国包造，待出货三个月毫无疵病然后回国，许八日中有回信后，即同至玻璃厂。此厂已开设三十馀年，炉中加料每五分钟加一次。是炉计长二十二密达，宽约八密达至十二密达。此厂加灭色料于大门前，另有一箱内藏小木匣，每加料一桶，放一木匣有瓜楞玻璃。其法吹至一尺馀长，放入瓜楞模中吹之，约起楞者有二尺长，然后取出，屡向上四十五度倒

29,8,2

挂之，屡加热屡吹之，如是全泡均成瓜楞式，所无楞者只圆尖处耳。此种玻璃可以对面不见人。泡既吹毕，不能将圆尖凿洞而转成大口，只可齐无瓜楞处截去一段。是厂另有五色玻璃炉，此炉另为一室，炉中用泥罐，各色玻璃分罐熔之。见有白色玻璃，其色与保险灯之白罩同，可以作磁器用。另过灭光机，则一面极光滑，一面毛而无光，其机器与德国不同，下皆木棍，而用皮条逐渐滚动玻璃片，即逐渐由此至彼，上面则鼓风掷砂。此事系女工为之，该女工以布蒙其面，详为试演。做泥罐法，用生泥与火泥用水和之，置于机器绞和之（其机器均购自德国），而后再用人赤足踏之，然后做成一石舂式，厚约三寸，深约一人高，对径约四尺馀，外用活木桶为模，用活箍三四道，罐已成，卸去木桶，待其阴干或用火微温之。所有铅玻璃罐，与《西艺知新》所云者无异。熔池之浮桥作梭式，中间分四段烧火，各物另有一小窑。花玻璃印花法，以薄铅片镂作各种花纹，吹泡之铁管重八启罗，取料之旁有加热吹管之火门。

初三日　至驻比使署杨钦使处，晤谈甚久。

初四日　接五哥信及林友梅电，告定蜡人乙号。又接蒋则先函，内附萧良臣家书，并兼署湖广总督端午帅批何福满在洪山野操批示。接王钦尧函。下午寄王钦尧信，托其定乙号之蜡人，内附萧良臣等信及则先劝勉各生信，又托荫钦使将端午帅之批示转交何福满。

初五日　寄林友梅一函，嘱先汇银一万两。又寄五哥信，王正卿、蒋则先、杨次伯各一函。

初八日　至打样人家，询其绘一每年能出四十万平方密达之玻璃厂图应价若干。据云仅绘一厂图需价三万佛郎，且须雇一工程师及七八泥水匠至中国方可成功。惟绘图费三万佛郎无须现银，只给三万佛郎之股票云云。当时告其此厂并非公司，不便给发股票，议定后当付现银。

初九日　偕杨钦使暨参赞随员等乘马车至外符盖家，盖预约至其家观古玩。握手后外符盖即陪同至各处观览。所藏古董甚多，不啻一博物院也。中国之物，则日用器具衣服首饰乐器佛像，并粤伪王之袍及盔甲各一件，其馀若小脚女鞋各种纸墨笔砚烟管鼻烟壶等各色俱备，另有一藏书处，内有日本之本草一部，镌刻甚工。观毕，享以茶点，各赠雪加烟一支，约长五寸，据云每支价需五佛郎云。

太平天国王袍盔甲

十一日　邀张尧赓夫妇及沈研裔观剧。其跳金斗之工夫胜中国百倍，不在地上跳而在人之肩上跳。有一男优力大无穷，一手能举三人。一女优几与无骨然，轻飘柔软，不可以言语形容，真能作掌上舞。剧台上每演一出，必另换一套屏风，其绘法之工，均能毕肖，远望之莫知其为画也。

男优力大女优轻柔

十二日　接初八所访打样人之账，只绘图费需三万佛郎。予初意当日所言三万佛郎以为戏也，而讵知账上实开此数。全厂之料共需三十五万佛郎，雇各种工师匠人等工价每年需七八万佛郎。当寄林友梅一函，嘱其银不可汇比

29,8,12

国，仍汇至德国德华银行或驻德使馆。盖予初意在德国事既无可望，嘱其将银汇至比国也。此事拟专心于比国成之，若英法意等国更贵于德比，故又寄萧良臣及丁晓树函。晚顾席珍邀同观剧，即日昨所观之剧场也。有一男优立在钢丝上行走如飞，手中并不执伞，又能在钢丝上作种种把戏，又能打架，又能行脚踏车，来去甚疾，双轮不奇而又单轮，神乎其技矣。停演时偕祁君月邀一妓女至亭中饮咖啡，言笑甚欢。盖是园之内，均是妓女，或素识或素不识者，均可邀同饮酒谈笑寻乐，无所不可。

货比三家

十三日　复矮脱姆信，嘱其能否告知绘图人之住处，以便与其当面商定。又寄德火砖厂及绘图人各一函。下午接俄国使馆陆子兴函，云月来部署行装，交代公件，忙碌异常，致复音后迟未缮答为歉。承委一节，当即悬念翁先生通函，时已为先容矣。弟约十月初到申，择定寓所必当奉告也。又接意国使馆赵颂南函，云奉七月望日手教并念六日明片，拜聆种切，并承详示西伯利亚铁路情形，感谢之至，连日尚未作复，因托人办介绍信，今日始送来，特即寄上。此系意文信，阁下执此信先观玻璃厂。信中并托厂中执事代为介绍观弗尔尼赛各大厂家，如空花织带（西国女衣装饰用）厂亦为著名者，可以往观。此城为意大利工业最盛处，阁下到彼，可以访问，择其要者观之。弗尔尼赛亦为欧洲著名水城，该处不用车马，往来以舟楫，仿佛似苏杭名胜，故欧洲人来游其地者四季不绝，各国人都有，客店甚多，语言易通，弟曾游一日，未及观工厂，此时恐未必能偕游，只有艳羡而已。何日赴法，阁下至罗马约在何时，务乞先期示知，届时弟必至车站相迎也。

十四日　晚沈研裔邀观剧。

十五日　上午偕张尧赓夫妇至使馆贺节，即在使馆午餐。接蜡人店暨杨地山信，内附蒋则先函，嘱何福满买开口指挥刀一柄，系李文石观察所托。又接王钦尧信，将端午桥中丞之批示仍复寄还。据荫昌云，此系湖北省事，与渠不涉，故仍寄还云云。

十六日　将端中丞之批示译成德文邮寄何福满，并寄绘图者五六函，均询图价也。

十七日　接德国绘图人夺拉来函，云过三四日有账。着邮局寄工艺书两包至中国，每包约重五磅，邮费计八佛郎。

十八日　接德国坎耳火砖厂函，当函复，云至十九号亲去面谈。又接亨拿佛绘图人函，亦复其二十号亲去面谈。

十九日　接德京德华银行来函，云由上海汇来四千二百四十九马克三十八分尼，当复函，云三礼拜后亲自去取。

二十日　接德国工程师夺拉来函并附各账，云每年出

玻璃厂之工料造价

窗片玻璃四十万平方密达，每平方密达重五启罗，共重二百万启罗（即二千吨）之玻璃厂，今将工料各账开列如下：

29,8,20

(一)厂基项下，计长三百密达，宽一百五十五密达，四周围墙九百十密达，铁路三百密达。

(二)建造项下，一、火砖厂栈房等共六百九十平方密达，计四万一千四百马克。二、引擎锅炉间共三百三十六平方密达，计一万三千四百四十马克。三、拌料间计二万七千六百马克。四、生料栈计三千二百马克。五、熔造厂屋计四万六千马克。六、烧火砖火炉计一千五百马克。七、煤气间及堆煤处计四千三百四十马克。八、平片厂屋计五万二千三百二十五马克。九、平片厂之煤气间及堆煤处计四千九百马克。十、裁片厂计一万六千八百马克。十一、装箱间计一万零三百五十马克。十二、玻璃堆栈计二万七千六百马克。十三、门禁房及会客所计一千九百二十马克。十四、公事房计二万八千八百马克。十五、房屋内一切装修等物计六千八百二十五马克。 建造造价

以上共计六千九百十六平方密达，共银二十八万七千马克。

十六、烟囱一座高三十五密达，圆径一密达，计四千五百马克。十七、又高四十五密达，圆径一密达二十生的，计六千五百马克。

以上两共二十九万八千马克。工程师打样费照原价加二厘五算，计七千四百五十马克。

以上房屋约需共银三十万零五千四百五十马克。

(三)炉子项下，一、打风煤气炉三座，应用砖灰等计二千九百四十八马克二十五分尼，工作计五百七十六马 炉子造价

克，煤气巷打风机等计二万五千五百马克，木料水泥等计九百马克。

以上共计三万零五百二十四马克二十五分尼，煤气巷火巷风巷烟巷计九千四百五十马克。

熔玻璃炉一座，工炉四座，地面工作一千六百平方密达，计银一千二百马克。

砖四百五十五平方密达，计八千一百九十马克。

二等小火砖七万五千启罗（每启罗约二磅），计二千二百二十五马克。

二等火灰七千五百启罗，计一百五十马克。

头等小火砖八万九千启罗，计三千六百五十马克。

头等火灰九千八百启罗，计二百四十五马克。

二等特别火砖三万五千启罗，计一千九百二十五马克。

二等火灰三千五百启罗，计七千马克。

头等特别火砖二十七万启罗，计一万八千九百马克。

头等火灰一万三千启罗，计三百二十五马克。

玻璃池火砖十五万启罗，计一万二千马克。

玻璃池火灰七千五百启罗，计一百八十七马克半。

猛火砖六万启罗，计三千马克。

猛火灰三千启罗，计一百二十马克。

工字铁二万一千六百启罗，计一千八百九十马克。

圆铁角铁方铁三千九百三十启罗，计一千二百九十七马克。

29,8,20

铁板九百六十启罗，计三百八十马克。

铸铁一千五百启罗，计六百马克。

各工作共计七千三百八十四马克。

木料水泥等计二千四百二十六马克五十分尼。

以上共计十万零六千零七十四马克二十五分尼。

六座平片炉所用之煤气炉三座，地面工作二十平方密达，计十五马克。

砖十八平方密达，计二百八十八马克。

火砖二万四千启罗，计一千三百二十马克。

铁器三万八千启罗，计一万七千九百四十四马克。

工作计一千三百马克。

以上共计二万一千三百七十马克。

平片炉六座，地面工作三百平方密达，计二百二十五马克。

砖六百七十八平方密达，计一万二千二百零四马克。

火砖十八万启罗，计七千二百马克。

铁器四万零八百启罗，计一万八千马克。

工作计七千一百四十三马克。

木料等五百马克。

以上炉子项下总共十七万二千七百十七马克二十五分尼，工程师打样费照原价加五厘算，计八千六百三十六马克五十分尼。

（四）机器项下： 机器造价

锅炉两只，五十四马力引擎一副，抽水机一副，计四万马克。

电灯机一副，计一万二千马克。

碎石机一副，计五千一百五十马克。

拌泥机一副，计四千五百马克。

提轴皮带等计二千七百五十马克。

筛机一副，计七百马克。

吹砂机一副，计四千二百马克。

其馀各种应用器具计三万一千九百五十马克。

以上总共十万零一千二百五十马克，工程师打样费照原价加四厘算，计四千零五十马克。

以上统共五十九万二千一百零三马克七十五分尼。

是日下午，致各铁厂信，嘱其开各种铁器价目。又寄萧良臣暨王钦尧各一函，内附杨地山信。

二十一日　张尧赓所设之德比华兴公司开账，邀请茶会，在座使馆中自杨星使以下，除陈剑航因事不到外，馀则比人管理商务之臬司及芦汉铁路公司之总办及股董必衔。是晚本拟偕祁君勇、顾席珍赴德京巴黎，因祁君勇与徐伯荪、沈研裔二人有龃龉事，不便偕行，故不果。

二十二日　接上海来电，云汇上银一万五千马克，火砖与机器或不购。又接德京德华银行函，告云由上海汇到马克一万五千，当复函，云迟一二礼拜亲自去取。又接舍罗怀之工程师约十四号至比京面谈一切，当复其不必来。是晚十一点二十四分钟登车赴德。

二十三日　晨四点半钟抵德国之坎耳省。当日至火砖

29,8,23

厂面议一切，云既无图样，未便论价。下午至巴恩工程师处，询其绘一玻璃厂图费若干，约明日有回音。

两处巴恩当为巴耶

二十四日　晨接巴恩工程师之来函，云全厂图价需一万四千马克。当于上午十点十五分钟乘火车赴亨拿威省，至下午三点半钟抵亨拿威。晚寄五哥信，告知仍回德国。当晚即访工程师巴耶，晤谈一切，约明日同至机器厂游览。

二十五日　晨至巴耶家，当率其妻女见礼，并出酒点，待其早餐毕，同赴城外机器厂。是厂系翻砂为主，玻璃炉子所用之各铁器均有铸就者，据云即巴耶所定。当时巴耶将翻砂之各图样予观，惟见图上原名均已挖去，另盖巴耶之名，有一二图原名虽无，然汉堡之地名尚在，知非巴耶之本色。是厂所造，以洗衣机器为最多。临别厂主送给各种机器样本。

二十六日　见巴耶为人粗鲁，亦非有实学之工程师，因于下午乘火车赴哈墨耳，访工程师特拉雷，此皆在比国时彼此已经通函。至晚九点钟抵哈墨耳，寓中央客栈。

选定绘图人特拉雷

二十七日　晨访工程师特拉雷。至其家，据云此屋虽属特君，而本人现已迁居新宅。当时默念此人必有实在学问，及见面时，则岸然道貌，房屋雅洁，图书满架，望而知其为学界中人也。当时议定，只绘每年能出四十万平方密达之炉子图样，计八千马克，先付定银三分之一，待图成再付三分之一，至炉子造成三个月再付三分之一。书立成单后，同至城中肥皂厂游览。所用各种器具并做法，与在维登所观者同。午餐后，又同至机器厂，系厂主所邀，借以揽生意也。是厂专造大滚轴修路机器及造砖机器，以翻砂各件为主，然询其价，均较贵于他厂。阅毕又同至织毡毯及花布厂。是厂用棉与各兽毛和纺成纱，织成各种绒毯。据云棉花亦由中国办去，其清花梳花纺纱织布各器，灵巧之处，非中国纺织各厂所能相提并论也。织柗毯窗布及各种布匹之提花法，均用一硬纸雕成各种花样，衬在经纱，随织随移，布上即照纸样织成各种花纹，不必穿经提花，真可谓巧夺天工。是厂各种绒毯均有，予见其用骆驼毛织成之毯，极轻极暖，因向购一条，计价十八马克半。代中国织军营中所用之绒毯及做雨衣之黑呢甚多，据云此货专销中国，他国不要也，盖为最下等之货。观毕各给名片致谢。又乘车至造纸厂。先阅拣破布厂。破布均由中国运去，拣净即在刀上割碎，而后送入洗布厂，将各种污秽及颜色洗去，而后送至融布厂（西名花伦台），将布缕在转桶中放松其纺织之性并揉至极细，而后再用大热度之蒸汽融成纸浆，然后送至造纸厂，将纸浆放入浆桶，逐渐流入筛中，筛中流出结成白纸。若要各种花样及记号（即水印），均在机轴上刻阳文，滚压成纹，而后再由各机轴辗转相轧至厚薄合度，即在机轴上烘干，其纸已成。有同在一轴而分数种纸者，或厚或薄，或精或粗，且其阔狭已在机轴上裁好，何种颜色亦已染就，其材料只破布与麦稿耳。已成纸后，送至打包房，点数打包均系女工。至于印格机器，其机自能将纸逐一揭出，送至印模，印毕自能将

最下等货专销中国

29,8,27

纸送至桌上，逐张叠好，甚为整齐。观毕后，该厂赠各种纸样甚多，皆精洁可爱。询其拟开设一纸厂，每日夜能出五千启罗之纸，应用机器及厂本若干，可否详细开一价单？允以后日为期。如欲开设，是厂之工程师愿受雇至中国云。

各种纸样精洁可爱

二十八日　上午至工程师特拉雷处，与其约法三章而后别。中午一点钟乘火车赴伯灵，至晚六点半钟抵德京大车站，仍寓俾士麻客寓。

与工程师约法三章

二十九日　上午至德华银行收银四千二百四十九马克三十八分尼，又至蜡人店付定银二千五百九十五马克七十五分尼。下午寄哈未耳工程师特拉雷第一批绘图费二千马克。接比京张尧赓函，云比国绘图者肯减价至十四千佛郎，或再少亦可。当复其已在德国定局，祈即善复前途。又寄亨拿威工程师函，嘱其不必开账。又复巴恩函，云图价太贵，已经另定他人。又接林君友梅信。将晚良臣、晓树、幼甫来。又接哈未耳造纸厂来账并机器各图，云每二十四点钟用碎布及其馀材料能出五千启罗纸（即五吨）之造纸厂应用各机器之价值开列如下：

造纸厂价

一、割碎布机器重一千二百启罗，价一千二百马克。

二、净碎布机器重二千八百启罗，价二千二百马克。

三、弹碎布机器重三百五十启罗，价五百马克。

四、煮融碎布之铁圆球两个，径二密达半，容积约八立方密达，重八千二百启罗，价七千马克。

五、半化伦兑三个，重三十六吨，价二万三千八百五十马克。

六、洗布化伦兑重五千六百启罗，价七千马克。

七、全化伦兑四个，重四十吨，价三万六千马克。

八、研盘一个，重九千五百启罗，价二千五百马克。

九、压榨机重一千八百启罗，价一千九百五十马克。

十、弹松机重八百五十启罗，价一千马克。

十一、抽水机重三百二十启罗，价五百五十马克。

十二、造纸机全副重一百二十吨，价十万马克。

十三、零件重一千一百五十启罗，价二千五百马克。

十四、引擎一副重六吨，价五千马克。

十五、汽盖一个重二百启罗，价四百马克。

十六、引擎零件重二万启罗，价五千四百八十马克。

十七、切纸机磨光机等重六千二百五十启罗，价六千马克。

十八、裁纸机重二千九百启罗，价二千七百马克。

十九、切麦稿机重九百启罗，价一千四百马克。

二十、各种滚筒重三千一百启罗，价三千马克。

二十一、各种滚轴重一万六千二百五十启罗，价一万一千二百五十马克。

二十二、打包机一副重一千八百五十启罗，价一千六百五十马克。

二十三、运纸机一副重一千六百启罗，价一千六百五十马克。

二十四、锅炉三具重六十吨，价三万零四百五十

29,8,29

马克。

二十五、引擎全副重四十吨，价二万九千马克。

二十六、各种通轴挂脚重五十五吨，价三万马克。

二十七、抽水机一副重三吨，价三千二百马克。

二十八、各种汽管水管重十五吨，价一万五百马克。

二十九、电灯机全副重一万五千五百启罗，价二万一千马克。

以上共计重四百六十六吨三百二十启罗，价三十四万九千零五十马克，约合银十三万四千馀两。

九月初一日　上午至使署见大清出使德国钦差荫昌。见面后遽云来何事，余曰无事相求，近由比国至此，来此请安，并代比国杨公使寄语请安耳。又曰所学何事，余曰学造玻璃并考察各种工艺。又曰已学成耶？余曰余本能造玻璃，不过来此详究其精奥之处并应用之各种机器耳。又曰余尚有事而去。噫！中国之使臣，待中国考察工艺之游历委员如此情形。况余与荫昌前在北洋曾经同事，并非素不相识之人，其意明阻我国人不宜至外国开智慧学工艺，惟恐中国有一日之富强也。此种心肝，不知如何生长。本欲当时大骂之，因以后购买机器延请工师皆在德国，或有两国交涉之事，恐其反为出而掣肘，故暂忍耐，待回国后致书痛骂之。下午致书比国舍罗怀省工程师，云绘图及定火砖铁器已在德国定购，余不再至比。又复林友梅函，云蜡人店九五扣，绘图费亦九五扣云。下午至萧良臣及杨地山处。晚接亨拿威省工程师来账，当复其此事已经定局。

钦差荫昌冷对同胞令人欲骂

初二日　上午持特拉雷函至磁器厂，该厂总办饬人引导至各处观览。先至磨石粉厂，所磨石英与明矾等，即白火石也。于机器中磨成细粉若高岭泥，置于高矮之各水池，分其粗细，爰将极细者由机器吸出，压成泥砖，于是其韧若面粉，送入各工房做成各器。其做器先用模坯印成各器，而后以手工磨细。法用一竖杆，下有木圆轮，以脚动之则转旋甚速，杆顶置器，或以指磨平，或用刷刷光，干者湿以水，如欲挖空，则在潮湿时用刀或用牙签挖之，待成，放箱中阴干。若作各种人像，亦均以手工作成，既干，将各器装入火泥圆盒中，堆叠窑内，而用小热度之煤气火烧五六点钟，取出送入修补房，有不平不光之处，则补整之后再烧一次，而后上油，然后入窑，用大热度约烧十馀点钟，于是逐渐减小火力，至七八日方行出窑。若欲绘花者，送入绘花房（在烧过一次后），各种花卉均照图本而用毛笔空手绘成，亦有用钢笔而后用毛笔者，如欲加上阳纹之花，亦在此时将各种颜色泥堆叠成花。所有破碎之磁，仍复磨碎可用。观毕至丁晓树处。下午至吴幼甫处，云及何福满约，明日同至爱生阅克虏伯炮厂。

磁器制作

初三日　上午十点钟，至使馆汇齐各学生同赴车站。少顷何福满至，登车赴爱生。下午七点半钟抵爱生车站，有克虏伯厂之矿务总管系参将衔名克驰马及两管事福利次、何满等已在车站等候，盖预约也。握手后同至客寓晚餐，是寓亦该厂所设。当晚发给明日阅厂之时刻表各一张。

爱生（埃森）

克虏伯厂

29,9,4

初四日　晨八点四十五分钟，该厂派马车两辆至寓，当即登车赴厂。九点钟至大门，两管事已鹤立等候，握手后即引至第二机器厂。是厂计正厂长七十五密达，宽十八密达，次厂长六十六密达，宽五密达三十生的。正厂有车床两架，均能车二十吨重之物，次厂有车床一架，能车十吨重之物。内有钳刨床三十六架，用一百马力之汽机拖之，系造轮船及他项之圆筒转轴与中等口径之炮筒。观毕至第三机器厂，是厂计长三十七密达半，宽十九密达半。有车床五架，能车二十吨之物。有钻床二十二架，车各种圆圈圆筒及炮箍炮身之口径等，用四十匹马力之汽机拖之。观毕至第一炮厂，是厂计长五十四密达，宽十六密达。有钻床二十架，造各种炮身炮箍。有一炮计长十三密达，及远二万一千密达。又有一炮长二十八密达，及远亦二万一千密达。各钻床用单筒汽机拖之。观毕至第三炮厂，计长五十五密达，宽二十三密达。内有车床三架，能车三十吨重之物。又有各种机器三十二架，能造小口径及中口径炮及各种齿轮，用四十四马力之汽机拖之。观毕至第四炮厂，是厂建于一千八百九十年，计正厂长八十二密达，宽三十密达，附厂长四十七密达，宽十密达。正厂有车床二架，每架能车七十五吨重之物，附厂有车床一架，能车十二吨重之物。又有各种机器二十七架。是厂系造大口径炮及重炮。十点钟至铸钢厂，专铸钢甲钢轴。该厂门外竖有一极大之钢板，计长一万三千一百六十米里，宽三千四百米里，厚三百米里，重十万零六千启罗。又有炮台

机器厂

炮厂

华人不能学炼钢法故许参观

用之圆钢甲，盖厚三百米里，亦有厚一百二十米里者。据云日本现正向该厂订购若干钢甲云。是厂之房屋全系铁造，计地面约有三万八千平方密达，内有马丁钢炉四座。是厂向禁外人游观，盖即克虏厂炼钢独得之秘也，因华人万不能学其炼钢法，故慨然许进而往观览。所炼之钢均和有镍格耳若干，待熔成，用一大铁桶以机器吊起移至砂模，再将桶底凿一孔，钢即漏入模中，此模既满，即将桶移至他模。铸成之钢段，系一密达粗之方柱形。以上均用机器为之，取携毫不费力。如造钢甲，将所铸之钢段取出入炉烧红，移至轧机轧成钢甲板。有轧床两架，一轧轴计重二千吨，一重五千吨云。又有车床三架，每架能车七十五吨重之物，又一车床能车一百五十吨重之物。轧钢甲时，每轧一次，必置树枝于上，据云如此可以去其铁养（每轧一次脱下之铁皮甚多），而得精钢云。十点四十五分钟至第二炮厂。是厂计两层，长七十五密达半，宽二十三密达。有车床十八架。楼下造大口径炮，用四十匹马力之双汽筒机。楼上造小口径暨中口径炮，有机器三十一架，用二十一匹半之电气机。观毕至第四机器厂。楼上层有机器六十三架，旋床五十七架。是厂系造各种炮架，用三十匹马力之双汽筒机。折而至是层之东厂，有机器七十架，旋床六十架，造各种炮管内之来复线及炮箍炮闩等件，用四十匹马力之汽机。楼下用压水柜及电气机等，造各等重炮架子药车等。观毕至第二炮架厂。是厂建于一千八百九十七年，所造系快炮、行营炮、过山炮、台炮、船

29,9,4

炮等各种炮架，至二十一生的口径为止，共有机器二百五十六架。观毕至钢甲厂。是厂排列以前曾经试验及曾经战陈之各种钢甲，每钢甲均表明用若干大口径之炮，用何种子弹，相距若干，击入钢甲若干深，均逐一注明，如是讲求，欧洲之战事焉能与敌！昔日旧钢甲厚至四百米里尚能洞穿，今新式钢甲则又格外坚固也。十一点半钟至试炮场。是时炮务总官克驰马先至，排列新旧各炮，逐一演说，逐一试放。九十六年所造之炮，放后炮架退后十八生的，近年新制各炮，放后炮架并不少动，架尾以一人持之，放时只炮身退后，放毕仍向前至原位为止，连放八次，均未少动。且所放八出之子弹，至靶均在一孔穿出，并不改变其方向。若用快放法，十二秒钟可放五出。炮上之表尺俱用远镜，并用蜘丝丰字线，亦有用回光镜者。瞄准时视回光镜中炮与靶两点相合，如是击之，分毫不爽，较诸仅由表尺凹过准星视至靶者，其准否大相悬殊。此种炮架与表尺机件，我国武备中人尚未见过，今我国但知开设枪炮厂，雇一半解一知之欧匠管领之，不知自行讲求，精益求精，但知亦步亦趋，已算能事，岂知我国竭数年之力方能依样画葫芦者，外国已视为弃物也。噫，能不悲哉！葡萄牙蕞尔小国，尚购此种新式炮八尊，正在装箱运送矣。试毕，已钟鸣一下，偕至另一客寓午餐。食毕作别，因人多难于每人拉手，于是在座诸人接连牵手成一方圈，各人左右手一拉而散。二点半钟至第六机器厂。是厂建于一千八百九十三年，扩充于一千八百九十九年。是厂

精益求精焉能与敌

国人不能自行讲求但知亦步亦趋差距越来越大

全系铁造，计分两堂，每堂长一百零五密达，宽十二密达及二十二密达，所造均系船炮炮架暨海口炮炮架及子药库等，共用六百匹马力之电机。观毕至第六第七炮厂。厂屋各长一百零五密达，宽二十六密达，系造小口径暨中口径炮，用二十四马力之电机。观毕至各种炮样房。房中安设各工匠之住宅小样，盖每一工匠有一住宅，并一小花园，栽种各种花树，并安设以前各工匠所用之眼镜手套等，以作遗念而志不忘，并以示来者，如是则后来者安得不尽心力作耶？又排列各种小机器、各式小炮台，均有电气可以转动。又排列大小新旧各种子弹火药，其子弹之小者仅长三生的密达，大者对径有四十生的密达，重一百五十启罗，高与中人等。又有剖开之各种新旧引信，炮台上运送子弹机器，又排列各种新旧大小各炮各种炮闩表尺，炮之口径自四生的至四十生的，重自八启罗至一千零五十启罗，于此可以历验逐年之进境。有行营炮架，有七生的五之过山炮炮架暨子药，有各种驼炮之驴马，有各种之炮架墙钢甲及挡板，凡炮上所用之物俱备，以便各工匠之考验，如是克虏伯厂之炮安得不精！试问上海、天津、南京、汉阳之枪炮厂，除应做之匠人及不知事之总办提调外，其馀各人能一见各种子弹引信表尺及历来之炮闩者乎？且应作之工匠照旧式做成已算能事，盖既无新旧式样罗列于前，安望其开发心机而改造新式枪炮耶？三点四十五分钟至化钢厂。是厂系用锅熔钢铸成各种钢件，若炮身，若钢弹，若枪筒，若船上之舵叶，若钢轨，若飞轮

优待员工使其尽力

精研旧式故能创新

29,9,4

等，并各种小圆轴，铸重自十启罗至八万启罗以上为止。内有烘炉十八座，系将各锅在炉中烘热而承受钢液者，有熔钢炉十七座，煤气炉六十八座，有轧钢板之机器三。观毕至汽锤厂。是厂建于一千八百五十九年至六十年。有两大锤，一名福利刺，一名麦克司，均用之锤钢炮身及炮箍、大齿轮圈、船叶轮轴等用。福利刺计重五十吨，麦克司计重二十吨，其锤法均用压水柜压之，每锤有四暖炉，麦克司能锤二十八吨之钢轴，福利刺能锤六十五吨之钢轴。是厂之东西另有四小锤，计重三吨，共有七暖炉，所锤者系行营炮身子母弹壳及各种小钢轴等。观毕至钢轨厂。轧钢轨之法，与湖北汉阳之钢轨厂无异，惟是厂所轧之钢轨较长。有轧钢段之机器二，每架计一千六百匹马力，另有小汽机七，有暖炉五，有暖锯机四，有冷锯机五，有钢段槽机二，有长孔机十二，有轨模机六。观毕至轧钢板厂。是厂有粗钢板有细钢板，计粗钢板机二，细钢板机一。粗钢板机大者宽三密达，小者宽二密达二。此种轧钢段机共计一千六百匹马力，每机约用五百匹马力。另有各种汽机二十一。有去铁养炉八，小热度炉暨大热度炉六，有粗钢板机剪四，细钢板机剪一，圆钢板机剪一。五点钟至大机器厂。进门有一长巷安设衣柜及盥具，均有号数，盖每一工匠一柜一盆也。待工匠如是周到，安得不尽心工作。随路安设电灯，预备各工匠盥洗更衣之用。拾级而上，则一大机器房，所造者均系极大之机轴曲拐及轮船所用之大机件，于是观止矣。登车至客寓，盥洗更衣，至

轧轨之法与汉阳同

七点十五分钟乘车至另一客寓入席晚餐。席上每座前各置一十五生的口径之小炮，并子弹各一，何福满前则置一新式车轮快炮，放时退后，放毕向前者，皆克驰马所赠。饮至半，彼此各上颂词。饮毕，克驰马写明信片四，湖北兼院端午帅、斯泰老、泰泼夫暨何福满之夫人各一，在座者均具名毕，在座者各携炮弹致谢，尽欢而散，已钟鸣十一下矣。（十五生的口径炮其长不过四寸，系外炮而内铅笔也。）

厂方赠送小炮模型

初五日　致湖北武高等学堂会办李文石观察暨提调蒋则先直刺明信片各一，告知昨游克虏伯厂之事，七生各具名焉。至十一点钟，各生乘车返伯灵，予至哈末耳。当时觅何福满不见，问诸司阍者，云渠于清晨已赴比京矣。彼之行事大都如是，予即料理诸生购票登车，晚六点钟抵哈末耳。

初六日　礼拜日，有工程师吼尔白兰脱来访，约下午偕其妻乘马车出游，并约晚餐。然晚餐当辞却，盖其有所求而为也。三点钟车至，其妻在右，予在左，其夫对面坐。先至绘图人特拉雷处，谈少顷，即乘车循山径直至山顶咖啡馆。在车其妻云，其夫系仇人，与予系朋友也。据云渠曾读过德文之《四书》《诗经》《春秋》，能知孔孟之道，足见西国女人之有学问。既至咖啡馆，有开机器厂倍脱海伦之妻及其子并有二女人在，各拉手问好。少顷同开是厂之主甘司满偕其妻至，亦各拉手入座。饮咖啡毕，予与两女人同车而返，其两夫均步行而归，可为敬客之至

德国妇女读过儒家经典

29,9,7

矣。是晚即来荐一工程师，未允。

初七日　小病，因在火车伤风。甘司满请晚餐，未赴。下午游木工厂。各种木料均用机器锯成，成抱之硬木，一刻钟时已锯成片，厚薄可以任意为之，由板片再锯成各种材料。若极粗之树，则用平锯锯之。凡为木工者，只须加工锛斗，无裁料之烦。窃意中国之深山大岭，有极大极粗之树，予之所见者，若浙省之衢严温处杭绍等府，深山之中极大树木无法取出，松树则烧取松香，至枯死后已甚可惜也，何不购置此种机器，在山中将各树锯成材料，然后运出，甚易易也，既省运费，又省厘金。至于蒙古满洲之森林更多，徒供俄人垫轨生火之用。 锯木机器中国有用

初八日　寄顾席珍信。晚饮于甘司满家，其妻极为殷勤，系萨克生人氏，能绘各种油画，极佳，并自绣各种花卉，亦甚好，年才二十五岁，其夫年三十九岁。在座另有范舍甫夫妻二人。饮毕，约明日下午三点钟乘车出游并观风磨而别。

初九日　重阳节，下午三点钟，甘夫人偕其子乘车至寓，拉手登车。至城外一山，舍车登山。其子方三岁，予剑负而上。此山自此麓而至彼麓，暗无一人，惟见小鹿一跃而过，并乌鸦甚多，其声呜呜，甘夫人屡言吉语，盖亦忌也。其子嚏，则云康健，犹华人之云大吉。至山顶，则树木苍劲，曲径通幽，四望皆小山，而是山为山中之山。少憩，寻路而下。盖甘夫人此山亦未经登临，因予有小病，故偕上此山，借得清气耳。下山登车，至一乡村，略 德国人也有迷信者

与我国之乡村同，牛尿马粪之气腾于满街，房屋亦平房为多，惟街道较宽，池塘河滨则鹅鸭成群，随路见满车之白萝葡不绝于道，问之知系制糖，为日用所需。车抵风磨厂，与甘夫人同下车。是日适天晴无风，因此停工。甘夫人先至厂主处，问其可否启锁入视，允可后进。下层系受面粉及稃皮之所。甘夫人舍其子而同上第一层，则筛粉之处。又上第二层，则用石磨磨面之处。又上第三层，则中间竖一木轴，轴上套一四尺对径之铁齿轮，磨盘平置，盘心稍凹，齿轮稍坡，其风轮系木为之，对径约一丈，齿轮亦系木质，其轮竖置，约斜十五度，适合于铁齿轮之斜坡，轮轴通于墙外，有风篷四叶，被风吹动，木轮即转，木齿轮带动铁齿轮，第二层之石磨即为竖轴之齿轮转动而转旋甚速，第一层亦有齿轮带动筛机同时工作，以一人司之，每点钟可出面粉二十担。风篷之横轴可以四面旋转，以就风向。观毕，乘车至寓，已上灯时矣。在车中邀甘夫人同至寓中晚餐，彼云须禀明其夫始可，且必与夫偕。西妇之位分极高，权力极重，然凡事皆须禀明于夫，其夫虽万无不许之理，然其妇则万无不禀明之理。七点钟有火砖厂总管何满来此，系绘图者通信于彼而来，问其价，则较贵于他厂，盖多一行用也。八点钟甘夫人偕其夫至寓，点菜晚餐，谈论甚欢，时询予家眷起居并祝颂甚殷。

西妇位分极高 权力极重

初十日　寄王钦尧明信片一纸，嘱其十五以前有信函寄哈末耳铁厂主倍脱海伦，送造纸厂图样一张并造纸机器价目单一纸。下午三点钟，偕甘夫人至水磨厂。是厂共高

29,9,10

六层，将哈末耳威赛河之水作堰蓄贮，由厂下经过借水力冲动飞轮带动各机器，即中国之水碓法（杭绍府属之山中均有用之碓纸料者），而加之以机器，功用斯大耳。应磨之麦堆积船中，即由机器运至厂中第六层楼，自能分给应用之各机器。先送至去秽机，是机将麦中所有之污秽杂物均能去尽，一面有小钉铁屑铁针等五金重物，一面系秕壳干草尘屑等轻物。于是将提净之麦另入一机，而锉净粘结之秽物再过一轮而轧碎之，如是逐层轧细，其肤皮即由风洞中被风吹出。其轧碎之法，以有浅槽之齿轴转之与铁板相轧，即成碎块。于是至细至极细，则用两磁轴相磨而过，即成极细之粉。筛法有用平筛，有用圆筛者，平筛则以两心轴转动之，而筛自来去不息，圆筛均四分之一以四块斗成正圆而转动之，均系绢筛。此种磨粉机器出于萨克生之脱来登。粉成即装袋，均以机器为之。观毕至账房少憩，厂主两人，一与甘夫人刷衣，一与予刷衣，盖皆满身白粉也。此厂系兄弟公司，名梅雅。

十一日　接礼和洋行信，云近阅新闻纸，有高等中国人在哈末耳向特拉雷订立合同，绘一大玻璃厂图，并欲购买各种机器及火砖铸铁等，在中国要开设一极大玻璃厂云云，未知属实否？满伦西分之图，系寄来抑寄还？云云。附来林君友梅一函，与前接之信同。 商务活动登上报纸

十二日　晨接德京使馆寄来包，内有五哥信，言妇病已愈，甚慰。又接徐伯荪、顾席珍、张尧赓、亚脱梅、巴恩绘图人司丁、火砖厂各一信。下午至特拉雷处，云火砖

图迟四日寄德京，铁器图迟九日寄德京。又复礼和信，云新闻纸所言并不确，实缘玻璃厂并不用机器，只需火砖暨铸铁少许，满伦西分之价单，其原价已贵，而又加上三成（指礼和行）回用，故其价约大于人者几一倍，平常用钱只有五厘，多则一分，未闻有三分者，今将原账及加成之数列表如下，以供台鉴：

回应新闻详列账单

头等火灰共重三百吨，价一万七千五百五十马克，照此数则奇零难算，若每吨作四十五马克，则三百吨应价一万三千五百马克，如数加三分得四千零五十马克，两数洽得一万七千五百五十马克。

三〇〇×四五+（一三五〇〇×〇·三）=一七五五〇

特式火+砖九十吨，价一万零二百九十六马克，若每吨作八十八马克，应价七千九百二十马克，如数加三分，得二千三百七十六马克，两数共得一万零二百九十六马克。

九〇×八八+（七九二〇×〇·三）=一〇二九六

常式火砖二十吨，价二千二百八十八马克，若每吨作八十八马克，应价一千七百六十马克，如数加三分，得五百二十八马克，两数共得二千二百八十八马克。

二〇×八八+（一七六〇×〇·三）=二二八八

馀账可以此类推。此事非予之无信，实满伦西分之不诚实也（暗指礼和），所以此次不能向渠订购各物，幸祈善告前途为荷。予于后日返德京。

十三日　晨八点钟，偕铁厂主夫妻乘火车至镜片厂。

29,9,13

火车至车站，已有马车并该厂总管之子（年方七岁）等候迎接。是处荒僻穷山，约行五六里并无人烟，均系山径，然道路宽广平坦，惟不铺石子耳。两旁树林齐整，盖系官山派官管理者也。松杉以五十年为期，榉栗以一百至一百五十年为期，方可砍伐，所谓斧斤以时入山林，材木不可胜用也。各树整列成行，毫不参差，伐去之处，重栽树秧，四周围以篱笆。山林无荆棘，秋冬脱落之树叶，不许穷民拾取，缘叶中有碱质，即借以作肥料。既抵该厂总管之家，则夫妇已在大门迎接。握手入座，先行茶点毕，陪同进厂。是厂系一百五十年之老厂，房屋半系老式，烧料则半柴半煤，烧成煤气。玻料用火泥罐熔化者，所成玻璃极为明净，据云不用铅养，其料与平常之窗片玻璃同。吹工不过三十人，吹法略与他厂不同。取料后转成圆球，以空气皮管略吹，重入炉加热后，以人力吹之，再向上倒竖，待气泡倒挂，至应得之粗，再入炉加热，然后随吹随摆，至应得之长，则另一人取玻料一点粘于泡尖，而用铁杆力顶一洞，再入炉加热，另一人用剪将洞口剪齐而转之毕，一人以木板插进管中，用力托住，吹者用冷铁齐铁管处相切，用力击之即脱，爰送入退火炉。此厂凡泡之厚者作镜片，薄者作窗片。厂屋之五架梁均系木料，或近火处下托铁条耳。退火毕，即截去圆锥形之一段，其裁法系用弯铁条烧红，而将圆锥形处逐渐转动，稍以冷唾点之即脱。圆筒之剖开法，用直铁条烧红，烙之即裂。是厂亦有五色玻璃眼镜片，则用玻料吹六七寸对径之圆球，而后用

山林管理严格有序

机器裁成各式之眼镜片，有白黄绿蓝黑五种。磨镜片机器，下座系一丈对径之圆铸铁板，将大小玻璃片用膏嵌住，圆板之四周用水泥砌成圆墙数四，接连墙上，搁一直木架，下连磨板，下嵌光滑铁板，即以此与玻璃相磨，上有一宝砂与盛水之桶。是厂初本不许观看，后因情面难却，特约礼拜日停机之时使观之，可为狡矣。折而至账房，不过三四管账人，账房中所用各物，无一非玻璃也，自阶沿及地板、墙壁、面盆、面盆架、界尺、三角板，均是五色玻璃为之。有裁眼镜片之机器若干，架裁片处系用小钢轮，上面做成椭圆式，而以柄摇钢轮转动，即裁成眼镜片。至镀银房，各镜均用银养镀成而加红漆。予见有一镜能显二十五相，以六马克购之。又至裁眼镜片房，所有眼镜片厚薄大小圆椭各式均有。又有大窗片，长丈馀宽六七尺者，此系铸玻璃用机器轧成者。又有罐底剩下之玻璃块，极厚极晶明，可以磨作各种玩具。至化学房，则各种化学器具均备。观止矣，至其家，其妻已设席以待，入座午餐。入席时，虽家人父子，均须云请，切割烧烤，均其夫动手，其妇不问也。食毕，其子女均拉手作别昼寝，其父母则摹其顶而亲其吻，以示亲爱之意。少坐，至山顶树林游玩。树木之整齐成行，前已言及，随路有倚位以备游人憩息。是处四面皆山，周行须十二点钟云。折回至其家少憩，则又款以咖啡，因予中国人，独备红茶一壶及茶点，并邀邻妇女数人同席。少顷，偕两妇人又至对面山顶游玩。是时已五点钟，明月当头，树叶满山径，正值新雨

办公各物全用玻璃

家宴礼节

29,9,13

之后，泞滑异常，而两妇人行走甚疾，诸男子不及也。至六点钟，握手作别登车，计行三刻钟时，均系山径。据云此处拿波仑第一兴兵至此，亦一大战场也，言之尚觉切齿。随路夫妻两人均高唱戏曲，凡西人大都如是，得意时皆信口乱唱，而女人尤甚。此路虽系山径，而曲折宛转，马路甚是平坦，且分作软硬两路，硬路（即石子路）夏秋用之，软路（无石子者）冬春用之，恐坏马蹄也，可谓讲究之极。至九点钟始乘火车回寓。往来车费均由予出，盖西人视钱极重，不肯稍失便宜。

言拿破仑尚觉切齿

十四日　上午绘图人之妻偕工师施尔泰来，索每年工资一万二千马克，须订五年合同。下午六点钟，绘图人复偕施尔泰来，言定第一年工资一万马克，第二年工资一万二千马克，共订两年合同。当时将合同底稿与施尔泰观看，有处处节制第字，不肯听从，后经特拉雷再三劝导，云此种合同两无轻重，最为公允，方唯唯无语。又问予合同由何人书写，系至德京由中国驻德公使订立，抑或由本城律师订立？予答云即由本城律师订立可也。因思中国出使大臣，苟非国家公事，概置不问，即万一肯代订合同，以后或有事故，亦无能力争，故不如即延外国律师之为愈也。

十五日　下午三点钟，至哈末耳本城之律师处订立合同（又名公证人）。盖西人凡雇用伙伴工师总管暨一切工人，均须订立合同，皆由此人书写，凡有事判断曲直，亦系此人，西名拿泰。见面时先向两造问之极为详细，各无

至律师处订立合同

异辞，方行书写，其合同云：

中国湖北玻璃公司总经理代厂主与德国制造玻璃工师订立合同

由德国律师楷尔勃赖脱订

合同条款

一、蒋煦系中国湖北省游历委员，即中国湖北玻璃公司总经理。

二、顾司施尔泰系德国萨勃黎恳人，两人初皆不认识，但蒋煦以西历一千九百零三年七月十一号中国钦差及德国外务部之护照为凭，施尔泰以特拉雷之信为凭，如是两人皆有来历，即以予作公证人，代为详订各条款如下：

一、蒋煦代雇施尔泰作为湖北玻璃公司之制造玻璃工程师。

二、自订立合同之日，先付八百马克作为安家整装之费，并给自德国萨勃黎恳至湖北省城路费银九百马克。

三、施尔泰自到武昌之日起，订雇两年合同。

四、订雇施尔泰第一年月给薪水银八百马克外，每季另给一百马克。

五、第二年月给薪水银一千马克。

六、除薪水外，公司中准给住房一所，桌椅什物，以寻常敷用为度。

七、伙食煤炭灯油马干医药穿着等项，均在其内。

八、延雇施尔泰专为指授制造玻璃之工业，凡玻璃厂应用之炉子，若熔玻璃炉、工炉、平片炉及罐子炉等，均须明白指教，以登峰造极为止。

29,9,15

九、施尔泰自到厂之日起，应遵厂主及总经理节制调遣，不得违拗。

十、施尔泰如带有家眷，其来回盘费并一切开销均由施尔泰自行料理。

十一、施尔泰合同期满回国，应给回国路费银九百马克。

十二、合同限内，施尔泰或教授不力，或因工艺不精，或不听厂主及总经理调遣，或私行揽办他事，如有以上各项，由厂主查实，均可将施尔泰随时撤退，其薪水只给至撤退之月底止，并给回国路费银九百马克。

十三、施尔泰在合同限内，或因抱病，经西医验明必须回国，厂中给予回国路费外，察看该工师向来教授，果系实在尽力，由厂主酌给一个月薪水，以示体恤。

十四、合同未满，倘施尔泰自己有事辞退，除薪水给至本月底外，不另给路费。

十五、合同限内，施尔泰倘因工作受病成废，并经西医验明，呈有验单，内称实系成废不能作事等语，除给回国路费银九百马克外，另给恤赏薪水两个月。

十六、施尔泰在合同限内身故，照第十五款办理。

十七、在合同限内，或有意外之事停止厂业，除给回国路费银九百马克外，另给一个月薪水，以示体恤。

十八、订立合同费由蒋煦付给。

十九、第一份合同由蒋煦代玻璃厂主收执，另一份由施尔泰收执。

所有蒋煦、施尔泰亲自签字之合同，存于公证人德国国家律师楷尔勃拉脱处。

其酬劳费照全合同之工价计算，共付四十八马克六十分尼。签字毕，付工师施尔泰一个月薪水银八百马克。

十六日　寄林君友梅一函，告知订定工师事。又寄辰之表兄信，云近接五家兄来函，言及尊府近日新建房屋若干，弟闻之不胜欣幸，不特欣幸表兄之有新房屋，并欣幸地方上泥木工可得工价也。弟初在乡间，闻某某有若干万家私，某某有若干万家私，以为富户也，今至欧洲观之，中国之穷，不可言状，竟似未开化之野人耳。盖有钱者皆捏住一钱不放，无钱者永远无处赚钱，以致穷者永穷，富者不克再富，迨其子孙挥霍，则富者仍穷，此中国所以穷人之多。地面上有无穷之利不知取，由于不读书无学问故也。西人则不然，苟有钱，则必建造房屋，或兴地方上无穷之利，或开设各厂，俾穷者得以赡衣食，各工匠若勇于造作，或能造新式各机，则穷者渐富，而富者得此新房屋，声势既大，或开设各厂，则获利必多，于是富者益富，穷者亦可渐至于富，层层相竞，此欧洲所以富人之多，盖永无捏煞之钱，皆是生利之钱。即弟此次在欧洲所定绘图之人，亦以其房屋取之。西人之有本领才具者，无贫穷失业之理，无本领才具者，无富贵之理，所谓竞争世界，故凡不知其底蕴者，可以其住宅之大小观之，即知其有无才具。盖西人祖父之家私，不尽传于子孙，所以个人之家私，各是本人自己才具争来。今表兄之建造新房屋，

从欧洲观中国之穷不可言状

建屋开厂各方得利

竞争世界各展本领

29,9,16

亦表兄之才具也，然弟更有进者，尚祈表兄与地方上兴各种利益则更善。弟意若兴利益，则以学堂始。祈先于吾乡创设一乡塾，凡穷富家之子女均可入塾，不取学费，弟每年愿助银圆一二百元，其馀如何筹款，如何办法，惟老表兄力任之。又寄五哥信亦如是云云。下午六点钟，特拉雷携来炉子图六张并火砖表。

若兴利益以学堂始

十七日 至特拉雷及甘夫人家辞行，返德京。在路见犁具甚佳，前有双轮，所以限犁之不深入土，而犁分大小两层，可以无坚不入也。回寄赵颂南函，云比京奉复一函，计已早邀台览，弟刻下所事已就，玻璃厂工师已在德国雇定，合同亦已订妥，各种机器火砖亦已定购。初由礼和洋行辗转请托，以致其价甚贵，后弟自己各处发信，直达本人，方能成就，尚不致吃亏。初拟德国不成至比，比不成至意，然至比亦犹一礼和也，弟思若再至意，则为时已促，所幸在德已经如愿，知关廑系，用特附闻。弟自欧洲东西奔走，四月以来，已觉倦飞知还，见火车而生畏心，所幸事已定妥，约再四五日可返德京，拟静养十日，在十月初三四仍坐西比利亚火车回国。因为时已促，惜不能路出意城，与足下作平原十日游。想足下在意京多日，见闻必广，有能惊醒中国痴梦之卓识高论，惟希赐教一二，以便弟载入日记中也。是晚六点钟，乘火车赴坎耳，至十点三刻钟到，寓原栈。

路见犁具无坚不入

十八日 晨至火砖公司，许明日下午取账。是处有河名雷音，在德国为有名之第一大河，计宽一百十八丈。架

雷音（莱茵）

一铁桥，计分两路，一行火车，一行电车。桥之两头设关卡，凡车马货物之过桥者，均须纳税。桥下计砌四石礅，柱上加铁板，约高一丈处又有三角铁板，每距一丈有一竖扁铁撑住，再左右各以扁铁条交互钉连，此所以能受载力也。河之对岸有炮台，若中国之城墙然，亦有女墙，均用石砌，内有大兵房。向南行一里有一浮桥，过者每人须纳二分尼。造法与行营浮桥等，而坚固平稳则过之。是桥有轮船经过，可以启闭。桥之中段有趸船，内设浴房，甚为精致。是河往来船只，均系明轮浅水船。水亦甚溜。兵民往来，络绎不绝。是处街衢之宽广热闹，与伯灵仿佛。有石塔两座，在德国为最古最高，工作之精细，无出其右。

雷音河桥可以启闭

十九日　晨购女学手工书两本，内言各种工作之事。下午四点钟，至火砖公司论价，至八点钟回。

二十日　接火砖公司之承揽，上午十点钟乘火车赴马克兑波省之克虏伯机器厂。至下午六点钟抵站，寓中央客栈。该栈伺应之周到，规模之宏大，想中国内宫亦不能过此。饭后出外闲游，见街衢之热闹，电灯之闪烁，不亚于伯灵，盖此系萨克生之属省也。

二十一日　晨乘火车至北考之克虏伯厂，持爱生克虏伯厂之函见总办，晤面后另委一工程师同至各处游玩。先至绘图房，绘图者约四五十人，盖所造各机器均须先绘图样。与总工程师谈论玻璃厂应用之各机器，嘱其开账，并索中国之白砂，渠欲亲自试验。后至钢甲厂，系造各种钢甲及炮台应用各具。观毕至翻砂厂，系翻各种硬钢滚轴研

29,9,21

盘。折而至制造机器厂，所造者系轧石机、磨石机、造砖机、滚路机、轮船、铁桥、铁轨、各种飞轮滚机、轧机、磨机等，据云该厂共有工人三千馀。有做水泥机器一架，系将砂与石英磨至极细，而后又作成圆弹（此另有一机器），再将圆弹重磨之，成极细之粉，然后和入各料，烧热至六百馀度，即成水泥。此两种机器与磁器厂所用者同，据云若每年出水泥三万桶，日夜工作，其机器价只须三四万马克，若只日工，机价须五六万马克云（一马克合银圆五角）。约观十馀厂，均与他铸铁厂相仿佛，惟克厂较大而已。观毕，偕工程师至城中午餐毕，乘马车至各处游玩。是城计有步队两镇（六千人），炮队一镇，另配以马队、工程队。城之对岸有炮台，约与坎耳等。是河名爱尔倍，德国第二大河也。城外见步队、炮队、工程队至野外操演者不绝于道，操毕而归者均高唱歌曲，领队者先唱，兵丁随声附和，所唱者系奋发其忠勇之心，而战死于疆场者为男儿最乐之事云云，如是一可忘其行路之劳，二则在平日间鼓其忠勇之心。其操演以练习打靶为主，每队各带人靶并测量器具，既至野外，则均伏于路旁，以马路作己之蔽护，瞄击对面之行人或所置之靶，领队者往来巡视，观察各兵所用之线牌合式与否，亦有步步前进作进攻状者。步队之后，继以炮队，拖炮之马匹解下，各作转圈法。德国各厂之总办工程师等，问之均系武官武弁，否则亦当兵一二年者，即以前湖北武备学堂所延教习斯泰老、何福满等，亦克虏伯厂之工程师也。车至一大咖啡馆，下

水泥机器

军队操练

车饮咖啡。是馆约设有千座，据云在夏季迟至者无插足处，西人好游之习亦云深矣。至四点钟乘火车返德京，六点钟抵京，住原栈。至使馆，接哈末耳铁厂之铁器账及礼和行、司丁、火砖厂、顾席珍、张尧赓各一信，与参赞乔少泉谈甚久，均不入耳之顽固语。

驻德参赞思想顽固

二十二日　接林君友梅信。致游学生九人片，告知将要回国。下午至蜡人店催询蜡人事。晚吴幼甫、萧良臣、李锦宇来。

二十三日　接王钦尧片，约明日午刻至使署中餐。上午至丁晓树处，晤谈甚久。下午偕王君钦尧至以前曾去过之蜡人馆，内有中国戏台者，台上见有一肥胖女人，其腰约粗二尺馀对径，臂粗约有七八寸对径，腿粗约有一尺对径，另有一妇人在旁演说此女之出处并身材之尺寸，又将衣裤揭起以示其非假也，说毕下台分售其小像之明信片。于是乐作，一小女人卧于床上，另一人在旁念咒画符，小女人即渐渐离空，约高尺馀，念咒者用竹圈屡次套过，以示背下无物承托之意，不知何术至此。座前有两妓，王君与之接谈后，即携手同行，较诸上海之野鸡，尚易易也。晚至使署，晤谈甚久。各游学生来访，均未晤。接林友梅七月二十七及八月初三所发之函，又接绘图人特拉雷函。

魔术表演人体升空

二十四日　接特拉雷炉子图五张。午刻至使署，赴王君钦尧之约，始知是日系渠之生日也，各人皆有礼物或明信片为寿，予当赠千里镜一个为寿，又书一明信片，云恭祝钦尧兄千秋之喜，幸吾哥已越万里鹏程，望他日大老爷

29,9,24

明镜高悬，庶不负弟一片冰心，历史上添了个名臣。在座者系乔少泉暨张养田共四人。酒后与参赞乔少泉大为争论，彼云今之为西装者，专为寻觅洋娃计耳，大失中国之体统，如彼苟能一朝为星使，彼当先奏定如有西装者定以斩立决之罪。又云西人皆是禽兽，华人方是人类，禽兽之道不长而人道常在云云。又痛骂吕镜宇尚书之奏废科举及苟有通才即以进士举人出身之折。噫！此君至欧两年馀，顽固之性质仍在，脑筋执一不变，此中国科举之所以害人者深。方今中国之弱、将来中国之亡皆在此，能不为之痛哭流涕而长太息耶！渠之所以出此言者，因渠是举人，受恩深重，借以得随员得书记生，苟废科举，则此辈无啖饭处矣。又云予仅知孔孟之道，他事不知也。予诘之曰，孔子之道在新民，常念汤盘铭之“苟日新日日新又日新”，又曰“周虽旧邦，其命维新”，可见孔子未尝守旧，且孔子圣之时者也，又曰“叩其两端而及焉”，孔子何尝执一不变也？孟子之道，无非欲王天下，未尝肯乞怜于人，子之所谓孔孟之道者何在？噫，此君不足惜，而所虑者他日回国，其亲戚故旧及同年同官意谓渠在欧洲数年，又是参赞，外国之情形必考察有素，皆以外国之情势相问询，渠必曰西人皆禽兽，其道不长，不足挂虑，所有墙壁均系纸糊，万不及中国砖墙木柱之坚固（此君见西国之墙壁用纸糊者，意为内无砖也，尝言西人房屋之陋），于是人皆信之，又添许多人之甜睡浓梦，能不惧哉！此君曾入于荫霖之幕，无怪其然。晚六点钟，偕萧良臣、吴幼甫、丁晓

参赞顽固所论可怕

科举害人弱国亡国

此君回国害处更大误人更多

观马戏

树观马戏。马能跳舞，步步合拍。有象戏，有狮戏。狮戏则一少年女子管领之，计十二狮，指挥如意，或故作欲饲之状，或数狮并睡而女睡其上，作种种相嬉之态，四面围以铁栏，他人不敢进也。噫，狮为众兽所畏，一小女子能伏十二狮，不知何术以致此？又有一坐脚踏车者，自上冲下能倒走一圈，又自上冲下能跳过二丈馀之缺口。又有七八十人作跑冰之嬉，忽尔冰化，则满地皆水，约深四五尺，跑冰诸人均在池中泳游，满座大笑，可谓恶作剧矣。

犹太人店

二十五日　偕萧良臣至一大店铺，名威尔泰，系犹太人开设。盖犹太人以前与中国相似，其未亡以前，凡为官者惟知要钱，所以犹太人富官极多，迨国既亡，则有钱者均携至他国，开设大店铺以终其身，想他日中国之富官亦犹是也（今各富官之银均存外国银行，其意不见）。是铺计高四层，凡家常日用所需之物，无一不备，吃的用的穿的看的男的女的儿童的色色俱全，又有数处则全家器具俱备，如有外来之人或有亡国富官至此，看定第几号房间之器具合意者，可一言而定，各色俱备，可以不必烦心也，可谓体贴人情之至。铺中伙计皆少年妇女，打扮得伶伶俐俐，齐齐整整，于电灯之下观之，天仙不如也。男伙则寥寥数人。有升高坐椅数处，上下亦不费力。又有咖啡馆，茶点均备，若观者力惫，于此可以少憩。此铺现为德人所开，因渠亡国之人开此大铺，有辱国体，故德人出钱购回云。

杂技表演

二十六日　偕王钦尧观剧。有一人能举十二人，其力

29,9,26

可为大矣。有一十三四岁小孩，眠于地上，两臂能举四十馀岁之人。又于颈上套一车，车上坐人，该孩以两手倒走，其车牵之裕如。又戏法飞盆飞子之法，均系绝技。又风火之法，挂以五色纱罩，用五色电灯照之，内有一好女子，将一纱衫作种种舞，变成种种光彩，该女子忽为火焚，忽为风飘，金光万道，闪闪烁烁，令人眼花。

二十七日　发张尧赓、徐伯荪、顾席珍各一函，并寄金四开一枚，托张尧赓将所购之玻璃瓶铁模寄至上海。接马海饶来片云，闻日俄已经开仗，嘱回国宜走海道，切不可再乘西比利亚火车返国。下午发电信问火砖运费价，回电云每吨约需四十五马克。

二十八日　接何福满信，准于西历十一月二十一号即阴历十月初三同返中国，并道其爱生克虏伯厂不别而行抱歉之意。晚马海饶、锦子衡来。十点钟乘车至坎耳，为火砖事。

二十九日　八点钟至火砖厂，论定吨数，当付定银八千马克。下午二点钟至亚亨火砖厂，看其做火砖法。一种砂砖能受极大之火力，配料法系九分石英一分火泥，用水和匀，做成砖而烧之，约烧六十点钟，退火约两礼拜。平常火砖系已烧之泥与未烧之泥相和成砖，而后烘干入窑烧之，火灰系七成石英粉三成白泥拌和之耳。其引擎锅炉计用一百五十匹马力，另有电灯机、碎石机、和泥机，惟做大小各砖均用人力为之。

做火砖法

三十日　张养田约观德法战事油画院，讵知该院因无

街头见闻

人观看已废。晚餐后至花戏馆。是日因忏悔罪过节期故停演，女堂倌均涂脂抹粉，若上海之烟妓等。又至一戏园，是日系教中人在此忏悔，上有一教师宣言，下面均同声附和。男女杂坐，和以音乐。教师宣言至恳切之词，妇女则均下跪。予与张君在座局促不安，即乘便出外。又至花咖啡馆两处，皆有妓女，或镇静不动，自高身价，或勤笑语，自行相就，即上海各茶馆打野鸡之类也。

十月初一日　至蜡人店催询蜡人何日可以完工，限其两礼拜，不再完工则退货退钱，立有凭单。晚至使馆交付王钦尧三千五百马克，二千马克付绘图人，一千马克付蜡人店。

初二日　十二点钟至克虏伯厂，定机器三种：轧石机，磨石机，拌料机，计价银八千七百九十二马克。晚晤何福满，约定明日晚乘车返中国。

离开德国

初三日　晚七点十二分钟上火车，送行者马海饶、宾步程、杨地山、萧良臣、吴幼甫、丁晓树，使馆各人因是日系大跳舞会，故未至。自德国京城伯灵至俄国旧都莫斯科，二等车价计七十八马克半，若坐睡车，自伯灵至外舍加八马克九十五分尼，又至莫斯科十五马克。

初四日　晨二点二十分至俄界，关上查检行李，以书本图画卷烟新衣等为最严。七点四十五分钟至外舍，较伯灵钟早二十分。

抵莫斯科
车夫争客

初五日　晨起见遍地皆雪，沿途观雪景甚佳。下午三点钟至莫斯科，天气极寒。车站搬运夫及马车马夫等均皆

29,10,5

争揽主顾，甚至争夺行李，何福满顾谓予曰，至此渐有中国风气矣。自车站至客寓，风雪甚大，寒气逼人。抵寓则四处火炉，暖若三四月天气。既解行装，当即购买车票，计自莫斯科至上海共价二百一十鲁布半，合四百五十五马克，自大连至上海汽船系头等舱。

初六日　发寓德各学生明信片三，王钦尧、徐伯荪函各一。下午四点钟时日没。俄历较迟欧洲各国者十三日。

初七日　至各街闲游，购买各零件，物价均贵，约大于德比者一倍。外国商人系德国人最多，据云莫斯科共有德人二万馀人，中国人三十馀人。晚十一点十分钟登车起程。在莫斯科住两日夜，计房饭银二十五鲁布。开车后行一百八十一密达抵托赖，停车三十分。 物件均贵德比一倍

初八日　大雪，晨九点钟抵立也司克，停车十分。下车视寒暑表，低于冰界三度，车中四面均有司丁管，热度在百度表约十四度至十八度之间，所以外虽风雪，内甚和暖。中午十二点二十五分钟至莫昌斯克，停车十三分钟。晚七点三十五分钟抵烹差，停车十七分钟。

初九日　大雪，晨六点二十四分钟抵萨麦拉，停车二十分。下车视寒暑表，低于冰界十度。中午一点三十八分抵亚波笃利拿，停车十五分。晚八点四十五分抵乌法，停车二十分。此次予至火食车，侍者之伺应周到与欧人等，不若前次之呼唤不应也。

初十日　晨六点十二分抵贝尔帝乌赤，停车二十分。下车视寒暑表，低于冰界十度。中午一点钟时至乌拉岭，

过欧洲境入亚洲境，时刻较迟于伯灵者二点钟。

十一日　晨四点五十七分抵配脱罗派罗威司克，停车二十五分钟。下午一点半钟抵乌末司克，停车二十五分。下车视寒暑表，低于冰界十二度。是晚夜半睡梦中始一闻中国人语声。

十二日　上午十点五十一分抵卡音司克，停车二十分钟。发湖北游学生明信片，云别才旬日，路隔万里，自入俄界，遍地冰雪，满目凄凉。俄国东都，夫三季寒者，安得不思东亚哉！煦过乌拉岭，去矣，望诸公加餐，以保东亚，则幸甚。下午七点四十六分抵乌比，停车二十五分。夜半三点半钟抵他加，停车二十五分。同车有一法人名读山者，能写清字，能背诵老子《道德经》，据云尝与中国道教中人及喇嘛僧往来，满蒙新疆及关内外之道路极熟，予询其此次何往，据云至西藏，盖欲钩诱藏人也。西人真能下死工夫，可不惧哉！

西方人能下死工夫

十三日　寒甚，中午一点钟抵卜顾托耳，停车二十分。下车视寒暑表，低于冰界二十三度。晚九点四十五分抵克拉司诺而司克，停车三十分。下车视寒暑表，负四十度。

十四日　晨八点半钟抵亨司加亚，停车二十分。寄湖北游学诸生片暨王钦尧明信片。晚十二点三十五分抵托罗内，停车二十五分。

俄京计时　满洲计时

十五日　晨四点钟抵意尔枯次。以上时刻皆用俄京圣彼得堡钟点，若满洲钟点则八点五十六分矣，以下皆用满

29,10,15

洲钟点。自莫斯科至此，共计五千一百零八启罗密达（每启罗密达合华里一里八分弱），合华里约九千一百九十四里。九点五十六分自意尔枯次开车，至白卡尔湖畔，计程六十二启罗密达。弃车登船，中午十二点五十一分自白卡尔湖此岸开船，二点三十三分抵彼岸，弃船登车。此次过湖，均不取渡船费。过湖时适下雪，然天气不寒，不如五月中过此湖之寒冽难受也。在船致各生明信片。过湖后大雪，见湖畔雪车甚多，其式若天津之冰床，惟冰床下之钢片系侧置，雪车之钢片系平置耳，上置藤筐（或木筐），用马拖之甚速，几与火车等。下午四点零四分自白卡尔湖之打克罕开车，晚八点零六分抵米所法亚，停车一点十五分钟。

十六日　下午二点五十三分抵扣罗克，停车十五分钟。晚七点五十八分抵马克岔内，停车二十分钟。

十七日　晨五点五十二分抵加里末司加，停车十分钟。七点五十七分钟抵满洲边界，名满洲里驿。自白卡尔湖畔至此，计程一千一百七十四启罗密达，合华里二千一百十三里。夜半一点钟自满洲里驿开车，入中国境。

十八日　晨五点十四分抵海拉尔，停车四十二分。见沿途车站之各华人皆面目黧黑，行路蹒跚，俾各西人指视，令我愧死。噫，各国人之自外国入本国境者，则志高兴豪，惟中国人自外国入本国境，反觉意兴萧然，不敢露颜，此何故哉？此何故哉？中午十一点钟下岭，二点半钟抵博河都，停车三十分。见满洲人甚多，由巡兵禁不使近

入境之人中西迥异令人愧死

车站，旁有一老者，予偶与交谈，询俄人在满洲情形，即为俄人挥之使去。噫，俄人尚以人类待满人耶？梦梦者皆曰，中国苟其分割，属俄者我为俄人，属英法德美者我为英法德美人耳，其然岂其然乎？吾知彼必设法逐渐斩绝我种类，今满洲其殷鉴也。凡吾种族，尚不及早醒悟，恐悔不可追矣！夜半一点半钟抵齐齐哈尔，停车三十分钟。

凡吾种族不早醒悟悔不可追

十九日　晨九点钟至对青山，地面上微有残雪，风亦不觉寒冽，始见有中国告示。中午十二点一刻过黑龙江，江面宽约一百二三十丈，内有汽船驳船，均冰胶于江中，冰上行人往来。俄兵约有二三千人，兵房即在江畔。行十五分钟至哈尔滨，停车一点零六分。是处各国人皆有，已成一通商场也，华人亦往来不禁。见奉天铁路交涉局亲兵之号衣，仍是方褂大袖红镶嵌，破烂不堪入目。有穿长衣手执马棒之武弁式者，时以马棒打人，被打者则长跪乞恕，作种种野蛮之举，令外人耻笑。外人各以照相镜摄影，他日携至外国，以为中国野蛮之实据。二点钟至五家，有两小孩约十三四岁，作种种把戏甚佳，惜在关外，若在内地各口岸戏园中，必挂头等金字牌矣。三点钟至双家堡，有卖解者，即五月间在喇嘛山所见者。四点二十分抵蔡家沟，车站两旁有明暗小炮台，用以保铁路，亦所以备不虞也，此种炮台在满洲境各车站皆有。四点半钟至石头城子。自过哈尔滨，下车始可不穿外衣，如是满洲境，俄人安得不谋哉！语云，人弃之而我取之，与人何尤。凡外国人之初到中国者，见华人之面目黧黑而发蓬松者，皆

兵卒号衣破烂不堪长衣武弁随意打人

29,10,19

必用照相机印之，以为得未曾有，他日回国，用以作谈柄者。各车站皆满挂俄旗，各华人均酣嬉自若，似有此铁路虽地属他国，而幸得生机反甚乐者，吾知将来各国之瓜分中国，均如是而已，于庚子之役，各国联军之入北京时，挂顺民旗送德政牌者可见。噫，中国人可谓无脑气筋者矣，故各国报纸尝以中国与土耳其并论。是晚车中寒暑表较昨晚升五度，盖由哈尔滨直向南行故也。

前有顽固之外交官此有愚钝之顺民

二十日　晨二点半钟抵公主灵，停车四十分。上午十点钟抵铁岭，停车三十分。至此始无雪，天气和暖，地土肥美，与关内等，而我国家竟慨然弃之，毫不怜惜。十二点五十分抵穆克图，停车二十五分。寝陵即在其左近。有各华人售卖鼻烟壶、大明宣德炉、手镯、珠串等，然皆伪货，无一可观。有一比人，以八十科比克购一银手镯后，剖而视之，内系黄铜，悔恨异常，后转念而语人曰：我出八十科比克，可以见中国之人情风俗。开车行十五分钟，有一大江，不知其名，想即黑龙江之下流也，此江尚未冰冻。至此火车每一启罗密达约行二分半钟，每点钟行二十四启罗密达，合华里四十一里。下午四点钟抵辽阳，周围二三里均是俄人房屋，开筑街道，成一大都会，俄旗飘扬，不下四五百面，盖贺新都会之落成也。凡华民之肮脏黧黑者，随路乞钱，为俄人所用者，则又奔走自豪，噫，何国家之不爱土地不爱人民，一至于此！晚七点五十分抵大石桥，停车四十八分。此处有分路至营口、三海关。夜半一点半钟抵瓦房站，停车半点钟。

肥美土地竟不怜惜

不爱土地不爱人民一至于此

二十一日　晨七点钟抵大连。当将行李雇马车搬运至汽船。致湖北游学生一函，云湖北游学诸公鉴，本月初三日别后，四寄公片，想皆邀电，自入满洲境，天气渐暖，冰雪渐少，至哈尔滨、铁岭、穆克图、辽阳一带，则地土肥美，天气不寒冽，与关内无异，今此各名地均为俄人造筑大都会，气象雄壮，凡满蒙人之面目黧黑赤足露背，则随路乞钱，凡为俄人所用者，则奔走自豪，辽阳则更为竭力经营，沿途满挂俄旗，因此同车各国人皆羡慕之，窃窃私议曰，他日德人在山东应如是也，或曰英人在扬子江一带不久亦如是也，或曰法人在广东广西他日亦如是也，煦在后闻之，不觉泪潸潸下矣。呜呼！诸君诸君，中国之亡，其尚待他日乎！其尚待他日乎！恐诸君学成，已无及也。盖此次同车之德法俄诸人赴中国者，无非为谋中国土地人民计也，而衮衮诸公仍属梦梦，吾知不久各国必重用其压力，前之寄于外府者，行将收入内府矣。自满洲里驿至大连，计程一千七百五十七启罗密达，合华里三千一百六十三里，自德京伯灵至此，计程一万八千里强。下午二点钟启轮船，上菜单用中俄国旗各一，且注明中国东省铁路公司，以蒙各国人之耳目，可谓狡矣哉。

满洲所见潸然泪下

二十二日　晨，予改易华装，船中各人皆属目焉，向何福满曰：吾初意若人系日本人，何今日忽垂辫而为中国人也。于是哄然大笑。下午二点钟抵上海黄浦江杨家渡，弃船登岸。回家时儿童皆相见不相识，笑问客从何处来。

23,4,1

附　东游日记

自备资斧
游历日本

光绪二十三年丁酉，因闻日本在神户开设博览会，又名共进会，故特自备资斧，游历日本，以广见闻而长学识，又为上海美纶公司购办织毛巾机器。于三月三十日欣然就道，上午九点钟登船，船名萨摩丸，至十一点钟启轮。同船有闽人傅福利，素居长崎已三十馀年，又有粤人谭姓者，挈子至海参威学习俄语俄文，又有宁人五六人。启轮后一路风静浪平，船中侍者侍应周到，较诸华船茶房相去远甚。

四月初一日　下午五点钟，见南面隐现三岛，又行二点钟，见五岛山。

初二日　晨三点钟抵长崎。其地三面皆山，店铺均沿江，而居间有筑于半山者。是埠华人独多，因华人在此通商最早，相处已久，故日人尚不敢十分欺侮云。街道亦不甚宽广，为地所限也。下午五点钟启轮。凡启轮时须鸣锣二次，系唤送行人登岸。自上海较长崎差早一点钟时。

初三日　晨六点钟抵马关，即马崎，又名下关。其地四面皆山，须越岭而进。既进，则一片平阳，烟户繁盛，街道整洁，军器厂等即在此埠，因此不准外人通商。昔李文忠在马关讲和所宿处，外面挂一长牌，曰清国请和大臣李鸿章之旅馆。游览既久，即寻路而出，至船则十一点钟，行将启轮矣。既抵日本后，则搭客均系日人，约男女参半，见送行者幼辈及亲戚朋友甚多，抵船后在行者斟酒于送者，饮尽返斟于行者，然后珍重数语，彼此鞠躬数顿首而别，礼失而求之野，信然。

清国请和大臣旅馆

初四日　晨七点钟抵神户。有田中回漕店人将行李取去，人亦登岸。先至海关，搜检有无夹带私物，予因穿单衣得免。凡船中收票时，须将各人姓名住处注明，抵埠后先将名册送交海关，故检搜时按名索骥，无一漏者。当时与宁人李信章同至东源号，见号主李光泰，道其来意并借寓焉。少坐，至关上取行李，盖所带行李均须搬入关房，待搜检后方准取回，即箱中所带银圆亦须看过，据云带一伪银圆需坐罪禁锢一年。国中盗贼乞丐甚少，大有路不拾遗之风。

日本人勤俭清洁

初五日　至街闲游，见其街道宽广，店铺洁净，各铺门前俱自行洒扫，并无清道之人。日本人勤俭清洁，实属可敬，无论器用什物，毫无微尘，每家必有大小便处，亦甚洁净。所不雅者，女人皆不穿裤，又不穿袜，木屐咭咯，甚属讨厌。见有竹器铺，所做器具极为精雅，以紫白

23,4,5

斑竹相间成文，又有以生物虫豸烘干悬诸墙壁，不失本色，甚属可观，每对售银圆一角云。

温泉浴

初六日　偕李光泰、陈仲轩乘人力车至诹访山温泉浴。浴塘清洁异常，上等盆汤俱用硫酸水，凡有湿毒等症，浴之即愈，每客计日本银圆二角八分。倘有素识之妇女或其妻室，亦可同浴云。上等浴池亦系硫酸水，每客计日本银圆（以下所用皆日本银圆）一角八分。起坐处有茶点，席地而坐，侍者亦女人。宽衣后另有浴衣，穿之入浴室，毫不露体。浴池分内外间，外间置浴衣，内间系浴池。池长八尺，宽五尺，一池可容四人。池中之水系由别处烧热，用抽水机引过，上有百度表，其水只热至温度为止，无须人侍候。其次则一角二分，无茶点，男女杂处，出身露体，毫不为怪。浴池今则亦分男女，中人以下均于此浴焉。浴毕而出，约行半里许，有一小学校，学堂之外另有空场一方，内有秋千架、体操架等，散学后先习空手体操，然后或打球或秋千或爬高竿，随心所欲，门外有门禁看守，外人不得入。据云神户、大坂等处冬不甚寒，夏不甚热，真避寒避暑之福地也。

同浴分浴各有不同

初七日　晨偕陈眉卿、余啸楼至共进会游览。是厂设于居留地之西北麓约三里许，即系校场特盖厂屋，将各府县所出之土产及制造品俱罗列于会中。是会始于本年三月十一日开设，至五月初一日止，每日晨九点钟启门，下午三点钟关门，每人取看资银圆二分，外国人则四分，任凭观览。会中所有之品物俱悬价牌，设有人看中欲买者，先付定钱二成，当给一凭条，待会散后七日中找价取货。该价系会中人品评而定，据云较市上所买可以便宜二成云，然物美而价廉者俱已定去。会中以布匹为大宗，其馀则铜器、磁器、草席、地毯、神像、神龛、竹木器、漆器、顾绣等，另有农务所用之一切农具及各处所产之米、麦、豆、茶、茧、丝、绸、绫、缫丝器、烘茧器、织布机等，凡欧人所用工作之铁机器，日人则均以木机代之，能一样灵巧，出货亦一样迅速，所谓价廉而物美也。会中陈列之所，以县隶府，以府隶省，如有新奇特别之品，人一望而知为某省某府某县物也。有一锦绣屏风，悬价银圆一千五百元，其树木山水，俱属凌空活现，内分春夏秋冬四幅，春则桃红柳绿，百物俱有生机，夏则瀑布涌泻，活泼无比，秋则枫树满山，似有肃杀之景，冬则松柏独青，馀皆凋零，俱系丝绣出，与真形无异，一千五百元之价，足值足值。又有各种植物及豆麦等，自为一院，各种俱注明用何种肥料，得何种成色，俾众目共睹，得以知所改良。日本之农务，其进步未可谅也。

日本人以木制机器替代欧人铁制机器

初八日　下午五点钟乘火车至大坂，计程八十里，行一点钟，车费银圆四角。路中见有坦白平地一方，据云此处本系山冈，去年被水冲去房屋人民无数，不无沧海桑田之感。六点钟抵大坂车站，见同车者有一人匆匆下车，遗下银包一个，一人启而视之，见有银圆三十馀元，急为包好，速即下车，赶至车站总门口守候遗失银包之人。予从容下车，至总门口，见其人尚在，遗银之人亦至，当将银

23,4,8

包示予后，以双手捧还原人，以示无私之意。嘻，日本之风俗如此，安得不强！据云凡火车中遗下之物，无有不能原璧归赵者，缘捡到之人既不克追及原人，亦必交与该车站之账房也。予当即乘人力车，至二十五番新裕号周庆钟家。大坂系府属，其地宽广异常，山清水秀，万商荟萃之区，共有纺绩厂二十馀家，有大学校十馀处，又有师范学校、行船学校、农工商会学校、妇女英文会等，共有架溪大桥三百馀座，小桥尚不在内，而尤以天神桥为最巨，桥面高竖铁架，以备夏日盖篷云。

亲眼见到拾金不昧

初九日　晨九点钟，偕周庆钟同至机器厂。汗衫机每部银五十五元，每点钟可织八尺。织袜机每部银四十元，每点钟可织一丈二尺。四匹马力之火油引擎可拖五十部汗衫机者，价银八百元，每日夜只用火油半町云。观毕至纺织厂，看织各种绒布、柳条布、丝布、绉布、毛巾等。其织毛巾法，系用四个总头，一穿边经纱，两穿紧经纱，盖紧纱中而又各自上下一穿松经纱，其经法除边经纱之外，系松紧相间，紧经纱之纱轴系轧牢于机床，松经纱之纱轴系用重物吊住，可以伸缩，待织就机头，于是第一梭轻织约离机头处三分，织至第三梭时，于是用力重织至机头，其松经纱为三梭编住，而同移至机头，紧经纱则不能移，故所离之三分即穹曲而成毛也，欲毛之长短，视前三梭离机头之宽窄而定，又六梭中有一梭不穿边经纱。此种纺织机均系木质。观毕，至木质机器家，据云二尺二寸扣门之毛巾机每部银十元五角，一尺二寸扣门之毛巾机每部银八

各种织机价格

各种纺织品

元，四尺扣门之毛巾机每部银十八元，梭子每只银二角。当时嘱其先做二部，约十七日去看样。又至织汗衫家，据云近日汗衫销路甚滞，倘欲购机，其厂中有现成者，每部银六十五元。又有做钮扣者，云做钮扣机器每部全套约银一百五十元，铜片每担银三十元，药水约银十元，每日约可出一百罗，即二千五百幅，倘中国欲做，渠可以姘做，云约需本二万元。又布伞可以购料自造，盖骨为骨，柄为柄，帽为帽，皆各自各做，须将全套买齐，然后可以成伞，在日本批发价每柄银三角八分云。下午二点钟回神户。

日本饮食店均为女服务员

十二日　晚饮于富贵亭，有女堂名阿珠者，能操华语，盖系华产，生长上海，华父而日母也。日本所有饮食店铺均系女堂，无足为怪。

十三日　仍偕同人至共进会游览，然货物大半已经定去。

慈善捐助

十五日　一点钟乘火车至大坂晤周庆钟，适是日有慈善会，即同至该处土居通夫家花园游览，即慈善会所也。盖大坂每年开设慈善会一次，计三日，该会系假名胜之区，邀集各大家青春妇女进会应酬，游客每客取游资银半元，馀则随愿资助，或将各家所有玩具捐助会中，用袋盛之，送与游客。客进皆由前门，既进，有妇女饮以酒者，有妇女进茶点者，络绎不绝，客若系子都、潘郎一流，则更应接不暇。既饮既食，于是出钱桶劝捐，惟不愿捐者听。另有一堂系书画名家，男女皆席地而坐，游客之求书

23,4,15

求绘，无不立应，扇册小件并不取资，若求大件，则又出钱桶求捐矣。予购一扇，求女丹青绘一牡丹甚佳。又有艺妓，另为一室，登台跳舞，以娱游客。观毕由后门出，有好女子均手提一袋送给游客，或一袋或二三袋不等，每袋取银半元，袋中之物有值一二元者，有所值仅一二角者，视乎客貌之何如耳。以上所得之资，俱作善举。

十六日　至博物院。该院将各国所有之土产及制造各种器用食物，无一不有，以备观览。倘有不知其出处及制法者，可详询院中之首领，渠必详细告述，无所隐云。又该院以各国之物为一院，本国所制造者分为四院，美恶毕陈，精粗无遗。院中有六十支假丝双格线，有光者每包银二百二十五元。又八十支假丝双格线，有光者每包银二百六十五元，无光者二百二十五元。又六十支单线，每包银一百九十五元。又八十支单线，每包银二百二十元。以上皆大坂纺绩局出，用以织丝布者也。此种纺绩厂初创时亏本二十五万元，后得国家资助二十万元，方重行开工，今可获利矣。午后至山田市次郎织所，纵览一切织法。据云织工宜包织方可获利，聚纱浆纱皆牢中犯人为之，故工本极廉。毛巾之疏者每寸三十二缕，密者每寸三十六缕。下午四点钟回神户。

囚犯做工工本极廉

十七日　午后二三同人游于诹访山。半山有一庙，据云即筑温泉之吉田氏，而本处人敬之甚谨。予至山顶周览一切，心胸为之大开。下山即浴于温泉。

二十日　下午登诹访山之金星亭憩焉。是亭在诹访山之半山，悬崖绝壁之间，忽拓平地三亩馀，四面盖之以亭，为游人憩息之所，下瞰街市，前望汪洋，一览无遗，有酒有茶，又有女堂侍候，似觉豁人心胸，于同治十三年即明治七年，有天文师在此测验金星，故名。下山后至中华会馆，气象闳敞，装饰华丽，共费银三万二千馀元，尚不致遗羞于海外。晚间狂风大作，有翻江倒海之势。

游布引山

二十五日 午偕陈孙和、王逸三同至布引山。其山在诹访山之东北，绵亘不绝，雄峙东北。是山之麓有温泉，据云较诹访山之温泉更胜，为急欲登山观瀑布故，未及浴于是。舍车步行，见平地之水有一缕而标至丈馀高者，有平地上碗口大一洼其水滚翻不绝者，一路观之，如入山阴道上，真有应接不暇之势。迨行二里许，但闻瀚瀚之声，知瀑布之在不远矣。忽见架涧一桥，而桥东西两头有平屋数椽，桥上亦盖以瓦，中间设坐位，备游人之凭栏而观瀑布焉。瀑处距桥约二十馀丈，自泻瀑之顶距平地则十八丈，是曰女泷。因三面危峰壁立，一面架之以桥屋，阴气逼人，而中央低注，瀑布下泻，似有受注之意，故名。又行里馀，见有平屋数椽，急趋而前，则见又一瀑布，高二十四丈，是曰男泷。因其雄壮崎岖，直泻不留，故名。陈王二君于此憩焉，欲穷其源，故独自追寻。又行二里许，见山坳已平，有石工数十人于此，凿者凿，抬者抬，忙碌不绝。又行里许，见有蛤壳一堆，茅屋数椽，问土人蛤壳何用，据云系制抹面之粉。是处山坳平坦，两面双峰插峙，欲思再穷其源，因为时已晚，故不果。

23,5,1

五月初一日　同侑酒妓海带子同印一相。

初五日　见日本人家于是日亦插菖蒲，兼有以白纸一小方写一晶字贴于门上，不知何所取意。下午饮于金星亭，该女堂歌舞频仍，甚属殷勤。

中国端午日本人家亦插菖蒲

初十日　中午次太郎市招饮于日本酒馆，座中有华迎泉、周庆钟。先取出火鼎一只，生鸡肉一碟，葱一碟，香菜一碟，用小铁锅一只，随烧随吃。又各人用生蛋一个打碎，将煮熟之菜钳出，于生蛋中浸过后食，其味甚美。次太郎云毛巾公司如有眉目，愿入股一万元，所用女工其工资必须先贵，如是人皆踊跃用心，待工夫既到，然后减工资，则事半功倍，获利必厚。

十四日　偕陈孙和乘火车赴住吉游览乡景。至一古庙，见有群孩围绕，故暂至酒肆小酌以避之，然群孩仍遥望不去，盖中国人至此绝少，群以为得未曾有。待饮毕付钞，两人只剩日本银一角，而火车费需二角四分，所带鹰银即作日本银二三角亦无人要，正在为难之时，见有英国人数人，爰不得已，与其商量掉换日本纸钞，慨然允换，于是喜出望外，相与乘火车而归。

二十一日　因闻日本女浴堂之名，而实未见过（前之所见者系上等浴堂），特约陈孙和同至浴堂一见情形。进门后惟见男女共处一室，赤条条一丝不挂，彼此相视毫不为怪，即在堂中酬应者，亦系十六七岁好女子也。但今浴池亦已隔以短板，可望而不可接矣，较前共浴一池者差胜一筹。司空见惯，毫不足怪，而予总不肯于此龌龊池中

女浴堂

一染其污也。

二十三日　系英国女主维多利亚登极六十年之生辰，在神户各英商俱悬灯升旗。所悬之灯，有香瓜式，有西瓜式，有北瓜式，有番瓜式者，五色相间，光怪陆离，甚属可观。灯之做法，用东洋皮纸裁成各式之片，裁片法见《西艺知新》。如做西瓜式灯，则下用一圆板为灯底，用竹片扎成同大之距等圈，约距四分粘一竹圈，由小而大至极大，再由大而小，至灯口为止，灯口则以厚竹片为圈粘固，于是可以折叠如意。总之无论何式，俱可仿做，其竹片自上至下分作四股，联以麻线，两纸接缝处即在此线路处也。而又有花篮式、花瓶式，各式俱备。至晚八点钟时，各灯点齐，红男绿女，拥挤不堪。至九点钟，各兵船俱放电光，四面照射。又有水龙五架，于海边比赛，血红电光之中射出五缕白水，甚属可观。于是各兵船施放烟火花炮，有一炮升入半天，散而为七八电灯，或升入半天乒乓不绝，或散为万道金光，种种变化无穷，出人意表。

各种悬灯

二十五日　至大坂，嘱将所定机器运出装船。

二十六日　晨九点钟，仍乘萨摩丸返国。

二十七日　晚八点钟抵马关，夜半三点钟抵长崎。

三十日　下午二点钟抵上海。

附 论

论应游历之人

中国之所以腐败至此，由于执政诸公不屑游历外国，考求政治外交之故。使李文忠在立烟台之约以前游历外国，则外交上不致受损如是之大；使在立烟台之约以后游历外国，可以无甲午之役。至若戊戌变政及拳匪肇祸，联军之入北京，皆烟台之约及甲午之役之阶之厉也。呜呼！夫而后李文忠之游历外国，已晚矣，中国之腐败已不可收拾矣。愚意今为急则治标之计，莫如各省督抚之署缺，非游历各国考察政事吏治后不得补实缺，嗣后州县亦须游历外国考求其上下政治者方能实授。若朝廷能以引见之费移作游历外国之费，则事更易。举凡游历外国之资格与引见后之资格等，则将来州县中无一非曾经游历外国之人员

腐败缘由不屑游历外国考求政治外交

治标之计

也，其中虽贤愚不等，然较之无益之引见，实胜倍蓰。然后在州县中择其在外国考求何种专门之学者，派为何种学术之总办提调，如是若上海天津南京制造局之腐败，及各州县之野蛮手段，庶几其免乎！中国之国计民生，庶几其有瘳乎！

论中国无国名无币名无货物名无权量无法度不成完全之国

中国非国名之辩

凡立国必先定国名，定币制，定权量，正法度，使通国一律如是，谓之帝国。今所谓中国者，因昔有南蛮北狄东倭西夷，故作此夜郎自大之语，非国名也。今则南蛮何在？北狄何属？东倭西夷奚若？尚作此语，秉国钧者，盍扪心一忖度之耶？今各国名中国为支那，中国并不知支那之名何由来，自问亦当为之粲然。我国昔所用各币，只生金生银，曰条曰叶曰锭曰元宝曰钱，自墨西哥之银圆行入我国，并无定名，因其来自外洋，名之曰洋钱，或因上有一鹰，名之曰鹰洋，市廛讹以为自英国来，名之曰英洋，或名之曰番饼，种种名称，莫宗一是。又有一种名之曰本洋。今各省所铸之银圆，因上有龙纹，皆名之曰龙洋。细玩之，若洋字即为该币之名也，可谓陋矣。湖北所铸一两银圆，名之曰银币，然银币系总名也，亦混名也，设将来铸递小十倍重一钱者，或铸金币价值递加五倍或十倍者，当又何以名之？又各省所铸当十钱，当十两字不能为该钱名也。故曰我国无币名。善哉，出使俄国大臣胡馨吾星使之奏定币名也，吾意后必有行之者矣。货物之自外洋来者，皆以洋货名之，即我国不经见之物，无识之辈亦皆以洋货名之，随波逐流。我国未尝一念及之我国之权量最不划一，各省各府各县不同，甚至同处一城而各家不同，或一家之内有大小不同，官不过问，国家不与理，今各通商口岸盛用外国权量，故曰中国无权量。同一民也，入外国教之莠民则宽宥之，不入外国教之良民则威逼之；同一货也，凡过关卡挂外国旗则畏之如虎，无外国旗则欺之如猪；墨西哥银圆则各省通行，我国银圆反各分界限。所谓轻重倒置，太阿倒持，故曰无法度。凡完全之国或号称帝国者，固如是耶？

论中国不变通币制商务不能起色

不变币制商务难成之论

今中国所铸银币，计重库平一两及七钱二分三钱六分七分二厘者，既各省皆自制造，各省自通行矣，然大宗买卖仍以生银计算，还各国赔款亦以生银计算，与今所铸银币仍无涉也。外国则英国用先令，德国用马克，俄国用鲁布，法国用佛郎，其馀意比各国亦用佛郎。查一佛郎只重一钱四分，而每两规银易三佛郎三十三，则每一佛郎即值规银三钱，较生银之价已加倍矣。一鲁布计重五钱六分，每两规银易一鲁布零七科比克，较生银之价加八成。一马克计重一钱五分，每两规银易二马克七十分尼，如是每一马克值规银三钱七分，较生银之价计加一倍三。先令与马克仿佛，可不具论。此银币也。金币则二十佛郎之金圆计重一钱九分，值规银六两，则每两金值银三十一两六钱。十鲁布之金圆计重二钱四分，值规银九两八钱，则每两金值银四十两零八钱三分。又二十马克之金圆计重二钱一分五厘，值规银七两四钱，则每两金值规银三十四两三钱。英金圆亦同如是。若用金则不致吃亏，用银则吃亏一倍三四成之多，所以商务中外国人皆满载而归，而我华人则亏累频仍，此暗中吃亏，若不变通币制，则如何也。况先令价（马克佛郎跟先令）时有长短，此中更为吃亏。变通之法奈何？惟有仿英德两国之先令马克，同其分两，同其成色，生金生银一概禁用，彼此交易两无吃亏，则中国商务或者其尚可支持欤！

同其分两
同其成色

论种植树木

世间造房屋宫室及器用什物，树木居大半。我国树木除杉松两种外，其馀若檀梨楠樟等树已不可多得，然皆在穷山僻壤人迹罕到处，方能成为有用之材，否则无不旦旦而伐之，故此种有用之材，非有崇山峻岭之省分不可多得。幸尔中国为大一统，否则若江苏若山东若直隶，既无栋梁之材，又无器用什物之料，即有而非美材也。何国家竟置种植而不问，未尝设官而治，一年数百万应有之利，放弃而不知取，断断焉曰厘金之不容走漏，售私盐者杀无敉，官盐之价屡加无已，时取诸民者务尽锱铢，弃于地者盈山满谷，何国家之官私倒置，舍易就难耶？夫盐系煮海水而成，或掘井而得，人人得而私之，树木则长在深山大岭，非民间固有之地，人人不得而私之，而国家不问也，故曰官私倒置。树木既居于深山茂林，商家购贩给价，方能伐取，不必用缉私营捕私枭，常与平民对敌，自残生民，较诸禁私盐买官盐，其难易为何如也？故曰舍易就难。今政府之讲求财政者，曷不于东三省、湖南、贵州、安徽、江西、福建、浙江、两广等有树木之省分，一求其种植树木之道，设官而治理之乎！

取诸民者务尽锱铢官私倒置舍易就难

论西礼之宜忌

入国问禁，入乡问俗，入门问讳，古有明训，此各处风俗之宜忌不可不知也。有中俗以为宜而西俗为忌，中俗为忌而西俗反以为宜者，由于习俗使然，未必实有一定不易之理，只合乎各处风俗之时宜耳。今中俗之初见面者，先问贵姓大名，一向好呵，尊庚几何，而李文忠游历各国，亦以此套语施之欧洲，故欧洲人称李文忠为好杜由杜，或好何乌而特由（即你好否或尊庚几何），皆传以为笑柄。且无论何人，必问其官阶行业，每月进款若干，此等事皆西人所最忌，而李文忠所常问。盖上等人品高俸厚年少位高者固乐于被问，若反此者自觉赧颜乏味，故欧美人不轻易问年岁及每月进款几何，而妇女尤忌。盖欧美女

西礼宜忌

李鸿章不通西方人情风俗

人有年至三四十未嫁，或至四五十遇有相契之友而嫁者，若长大未嫁之女人，或已嫁而分离者，问其年岁，是为最忌，如确知其已嫁人，则问其年岁亦无不可，有已嫁而性情不合因此分离者，其行为与未嫁者同，仍称小姐，若称其太太或夫人者，心必不乐。

忌问年岁

未见之客，有人介绍，则位尊者先行出手行握手礼，若见妇女，则必待女人先出手，然后行握手礼。

宴席礼节

宴客或茶围入席时，主人命坐即坐，不必谦逊。食菜时所用刀叉汤勺，不可与菜盆相擎成声，喝汤不可有赫忒之声，盆中之菜不可零落桌面，食鱼不可用钢刀，只可左手用面包，右手用叉取而食之，因鱼遇钢刀则味变，若有特别之金银刀，则仍可用，刀叉取食，食后或有鱼肉嵌牙缝，不可公然挑剔，只可以左手护口，右手以牙签剔之。在房屋之中不可吐痰，平时欲吐痰，须以右手护口，避人而吐之，若在席间，只可吐于所备之汗巾。

数字忌讳

西人七数与十三数最忌，故店铺卖买断无七数与十三数之价钱，若请客入席，亦无七位与十三位者，即问人之年岁，亦不肯直言七岁与十三岁，只云去年六岁或明年十四岁。

礼让妇女

当女人面，无论认识与否，不可吃烟，须问明该女人准否吃烟，许可而后吃。此俗德国尚可，英国为甚。无论搭坐短路火车、电气车、轮渡等，设后来之妇女无可位置，有熟识之男子固当让位，如无熟识者，该女子站于何人之前，该男子即须起立让位。

有不知姓名之客，不宜直问该客，须向素识者而暗询之，或将己之名片与之，彼亦必以名片相答，如是姓名住处职业均可详知。

蒋煦西游日记

人名索引

八画

九画

十四画

十五画

蒋煦西游日记

译名简释

五画

生的

Centimeter(s) 厘米

皮酒

啤酒

白卡尔湖

贝加尔湖

六画

衣尔科痴

伊尔库茨克

七画

伯灵

柏林

亨拿威

汉诺威

怀舍

华沙

启罗

千克,公斤

八画

耶苏

耶稣

波笃利拿

布古利马

十画

烟尼赛河

叶尼塞河

爱生

埃森(克虏伯厂所在地)

拿波仑

拿破仑

十一画

萨麦拉

萨马拉

烹差

奔萨

密达

米(计量单位)

十二画

鲁布

卢布

十三画

雷音

莱茵

走向世界丛书一百种

初编三十五种以 * 标出

谢清高 **海录**
* 容　闳 **西学东渐记**
* 林　鍼 **西海纪游草**
* 罗　森 **日本日记**
* 斌　椿 **乘槎笔记**
* 张德彝 **航海述奇**
* 王　韬 **漫游随录**
* 志　刚 **初使泰西记**
* 张德彝 **再述奇**（欧美环游记）
* 张德彝 **三述奇**（随使法国记）

王　芝 **海客日谈**
* 祁兆熙 **游美洲日记**
* 李　圭 **环游地球新录**
* 郭嵩焘 **伦敦与巴黎日记**
* 张德彝 **四述奇**（随使英俄记）
* 黎庶昌 **西洋杂志**
* 刘锡鸿 **英轺私记**

李凤苞 **使德日记**

钱德培 **欧游随笔**
* 何如璋 **使东述略及杂咏**
* 张斯桂 **使东诗录**

黄遵宪 **日本国志**
* 黄遵宪 **日本杂事诗**〔广注〕

陈兰彬 **使美纪略**
* 曾纪泽 **出使英法俄国日记**
* 王　韬 **扶桑游记**
* 徐建寅 **欧游杂录**

谭乾初 **古巴杂记**

王之春 **谈瀛录**
* 李筱圃 **日本纪游**

池仲佑 **西行日记**

蔡　钧 **出洋琐记**

袁祖志 **瀛海采问纪实**

张祖翼 **伦敦竹枝词**

王以宣 **法京纪事诗**

潘飞声 **西海纪行卷**

潘飞声 **柏林竹枝词**

潘飞声 **天外归槎录**

张荫桓 **三洲日记**

邹代钧 **西征纪程**

王咏霓 **道西斋日记**

张元济 **环游谈荟**

余思诒 **楼船日记**

缪祐孙 **俄游汇编**

张德彝 **五述奇**
* 傅云龙 **游历日本图经馀记**

傅云龙 **游历美加等国图经馀记**

洪　勋 **游历闻见录**

崔国因 **出使美日秘国日记**
* 薛福成 **出使英法义比四国日记**
* 薛福成 **出使日记续刻**

陈道华 **日京竹枝词**

严　修 **东游日记**
姚鹏图 **扶桑百八吟**
凤　凌 **游馀仅志**
* 黄庆澄 **东游日记**
吴宗濂 **随轺笔记**
宋育仁 **泰西各国采风记**
王之春 **使俄草**
伍廷芳 **美国视察记**
* 蔡尔康等 **李鸿章历聘欧美记**
张德彝 **六述奇**
刘学询 **考察商务日记**
黄　璟 **考察农务日记**
罗振玉 **扶桑两月记**
罗振玉 **扶桑再游记**
丁鸿臣 **东瀛阅操日记**
沈翊清 **东游日记**
* 梁启超 **新大陆游记**
张德彝 **八述奇**
载　振 **英轺日记**
吴汝纶 **东游丛录**
双　寿 **东瀛小识**
缪荃孙 **日游汇编**
周学熙 **东游日记**
* 单士厘 **癸卯旅行记**
凌文渊 **籥盦东游日记**
张　謇 **癸卯东游日记**
蒋　煦 **西游日记**
王景禧 **日游笔记**
陈　琪 **环游日记**
* 康有为 **意大利游记**
康有为 **德意志等国游记**
康有为 **英国游记**
* 康有为 **法兰西游记**
韩国钧 **实业界之九十日**
李濬之 **东隅琐记**
盛宣怀 **愚斋东游日记**
* 戴鸿慈 **出使九国日记**
金　鼎 **随同考察政治笔记**
* 载　泽 **考察政治日记**
程　淯 **丙午日本游记**
康有为 **西班牙等国游记**
杨泰阶 **东游日记**
文　恺 **东游日记**
左湘钟 **东游日记**
吕珮芬 **东瀛参观学校记**
* 林汝耀 **苏格兰游学指南**
* 单士厘 **归潜记**
金绍城 **十八国游记**
附 艾儒略 **职方外纪**
附 南怀仁 **坤舆图说**
附 丁韪良 **西学考略**
附 艾约瑟 **西学启蒙**

图书在版编目(CIP)数据

西游日记/蒋煦著. —长沙:岳麓书社,2016.8

(走向世界丛书/钟叔河主编)

ISBN 978-7-5538-0582-5

Ⅰ.①西...　Ⅱ.①蒋...　Ⅲ.①游记—作品集—中国—现代

Ⅳ.①I266.4

中国版本图书馆 CIP 数据核字(2016)第 078622 号

XIYOU RIJI

西游日记

作　　者:蒋　煦

校 点 者:刘　柯

责任编辑:杨云辉

责任校对:舒　舍

封面设计:吴颖辉　贺红梅

岳麓书社出版发行

地址:湖南省长沙市爱民路 47 号

直销电话:0731—88804152　88885616

邮编:410006

岳麓书社网址:www.yueluhistory.com

2016 年 8 月第 1 版第 1 次印刷

开本:890×1240　1/32

印张:5.375

字数:125 千字

印数:1—3 000

ISBN 978-7-5538-0582-5

定价:30.00 元

承印:长沙超峰印刷有限公司

如有印装质量问题,请与本社印务部联系

电话:0731—88884129